父恩

父恩

周荣池

著

天津出版传媒集团

百花文艺出版社

图书在版编目（CIP）数据

父恩 / 周荣池著. -- 天津：百花文艺出版社，
2024. 9. -- ISBN 978-7-5306-8910-3

Ⅰ. I267

中国国家版本馆 CIP 数据核字第 2024CU8285 号

父恩
FUEN

周荣池　著

出 版 人：薛印胜
责任编辑：王　燕　徐　姗　装帧设计：彭　泽
出版发行：百花文艺出版社
地址：天津市和平区西康路 35 号　邮编：300051
电话传真：+86 22-23332651（发行部）
　　　　　+86-22-23332656（总编室）
　　　　　+86-22-23332478（邮购部）

网址：http://www.baihuawenyi.com
印刷：天津联城印刷有限公司
开本：880 毫米×1230 毫米　1/32
字数：160 千字
印张：6.875
版次：2024 年 9 月第 1 版
印次：2024 年 9 月第 1 次印刷
定价：58.00 元

如有印装质量问题，请与天津联城印刷有限公司联系调换
地址：天津市宝坻区新安镇工业园区 3 号路 2 号
电话：(022)29937958
邮编：301800

自序

抵达父亲般的现实主义

　　《父恩》写成后六易其稿，首发于2023年第5期《钟山》的"非虚构"栏目。这个栏目的名字与书稿对应出一种隐喻意味，父亲的恩情，确实是一种无以虚构的事实，是个人以及社会生活中最为动人的现实主义。我们在写作上关于虚与实的困惑，通过一位农民父亲得以呈现和解决。文学与生活更在意深情，而不是陌生且虚无的深刻。父子之情多是暴躁、粗糙甚至是对抗的，又是真实而深切的。演播艺术家李野墨先生倾情全文演播了这部书稿，说看到了我在写作和人生上的某种成长，他的话实际上也是批评过往——我不再像以前那样指点甚至指责生活，而是回到了现实之中，承认和成为生活的本身。

　　我没有想到会为自己的父亲写一本书。我和父亲的关系一直紧张甚至冷漠。他的暴躁、粗鲁及黑皮肤、大嗓门都遗传给了我。我厌恶他，就是厌恶自己。我小时候会被他用柳条抽打，那也像抽打他自己的命运。日后我凭着考学写字进城生活，他得意地与人讲他的"育儿经验"，其中一条竟然是"没有动过我一根手指"。我知道他是以此掩饰自己一生的无奈和悲凉。

我同情父亲。我十八岁时就和他相互递烟，彼时我和他在医院守着垂危的母亲。那一夜气温零下五度，可能是我们父子人生的冰点。他身腰结实，当过兵，眉目也曾清秀，能喝酒，好交友，为人仗义。他娶了一个驼背又有精神病的女人，此后二十七年，就生活在她苦病纠缠和无尽哭闹中。我恨他，也同情他。母亲离世后，我对他说："你解脱了。"他独居后苍老得十分迅速。我开始有一种危机感，害怕他突然离开。无奈的现实使我狠心希望母亲早点离开，也诅咒过蛮横的父亲。我曾躲在他乡多年，可他们就像偓促的巴根草一样难以老死。当我回到南角墩，他们却慢慢地离去和苍老。此后我不断地回乡，我并不和他多说话，只要见到他就好，有时会彼此埋怨。他越来越像个孩子，愿意听我的意见，我甚至不喊他父亲。他年轻的时候，曾因为拿不出我上学的费用，窘迫致使他叫我"儿老子"。

他的酒量明显下降，身上也总有不明的疼痛。村里人都羡慕他，大家没想到他能过上今天的安生日子。他当年有了我这个儿子，被人们称为"坏稻剥好米"。人们不曾愿意祝福他。他今天所得的安详，也或许令人们不安。在平静如水的日常中，我心里生出复杂的隐忧。当年为了求他不要与兄弟争执，我当着众人跪下朝他磕头的父亲，今天让我心里五味杂陈。我不能说自己无比爱他，更多是儿子的责任，也并非如他对自己父母所恪守的典型"孝道"。他所犯过的错误，对我们与村庄带来的伤害，都是无从改变的。然而我心里越发紧张，甚至会莫名伤感。

因为这种伤感，我才提笔正面写他。我一开始没有想到会写出"恩情"。我只是想写"一个老子"，好像他都不能用"一位父亲"这样书面的字眼。我在京沪高速某个出口处的活动板房里写成这部书稿，写完后我才明白，和他有关的每一点事实，对我都有不尽的恩情。这种恩情不是具体的给予，而是一种磨炼和启示。过去苦恶的情形也都化作从容的祝福。

一个父亲的孝义、倔犟、温情、勤力、豪情、暴躁、怪古、促狭、乐观和慷慨，是他的性情，也是无奈而有效的办法。我没有觉得这是溢美之词。在南角墩，在里下河平原以至乡土中国的现实里，有无数这样的父亲，用他们日渐苍老的脊背，担起了我们艰辛而恒定的日常。许多父亲说不出什么道理，许多孩子也没有办法讲出父辈的故事与恩情。其实，理解他们的内心，就是抵达父亲般的现实主义。今天，我们有那么多机会说话，却不曾为一位老父亲说过一些动情的话——又或总是以"父爱如山"的沉默，一定认为父辈坚强而无需言说？

一个作家能做的，可能只是躲在某个角落流好自己的眼泪。感谢生活和大地于我父亲般的恩情，这是我所爱的现实，也应该成为我的主义。

周荣池

二〇二四年父亲节于南角墩

目　录

一　迁坟　　　　　　　　　　01

二　失业　　　　　　　　　　23

三　迟婚　　　　　　　　　　43

四　守圩　　　　　　　　　　65

五　闹酒　　　　　　　　　　88

六　牧鸭　　　　　　　　　　109

七　混穷　　　　　　　　　　130

八　作乐　　　　　　　　　　151

九　背影　　　　　　　　　　173

十　向晚　　　　　　　　　　191

一 迁坟

父亲很重视三荡口的祖坟。他一生除了去天津、山西服役两年，几乎没有离开过三荡河畔。三荡口和南角墩这两个相距十数里的沿河村庄，对他就像两座城池一样庞大与深刻。我一次次从他那儿了解三荡河畔的动静，就像汤汤而来的河水不曾断流。这两个村庄有父亲讲不完的细节和深情。

河流和村庄对他有所偏爱，对我则是无尽的恩情。

父亲在我们娘俩扒完饭之后，会再次把酒倒满。他喝酒的器具是一种从在三荡河漂泊的宝应人船上买来的瓷杯。杯子上有影影绰绰的斑痕，就像北角墩郭大麻子脸上的印迹。透过这些瑕疵般的细节可以看到光——那是"粮食白"发出的倔强光芒。"粮食白"是本县产的酒，麻得有些泼辣与蛮横。村里人说，任教气得哭，不喝粮食白。本地人管白酒叫麻酒，是灌了令人麻木的苦水，女人们骂它作"恶水"。恶水本是指倒在缸里剩饭剩菜沤成的泔水，是给猪的食物。女人们虽然咒骂，但仍会按时摸出个"二两五"来墩在桌上。她们又说："不灌酒，怎么像个男人家样子呢？"

父亲再倒一杯酒，是要和我们讲话了。他要在喝迷糊之前把事情交代清楚了。事情是年前冬至就拍板的，他要带着自己的兄弟们去三荡口移坟。日子是阴阳先生看好的，那位郭大麻子定的日子才周正。父亲不屑地说，他因为是个麻子，有点古怪，才学了这么一门据说"通晓阴阳"的手艺。可父亲似乎又对他的盘算深信不疑，依据是郭大麻子识得人们大多不明白的字。所以父亲希望我也多识字，这样以后不必劳动，凭张嘴四处游说就能有口饭吃。

父亲在清明前几天就把迁坟的一应物什都准备好，并嘱咐母亲与妯娌们准备那日中午的饭食。他的兄弟们对这次迁坟并不十分在意，只因为中午有肉菜，他们才应了迁坟的事情。父亲早年去三荡口承继门户，从那时起就不再是家里的长子，他说的话并不算数。他承继的人家是本族的爷爷辈，讲亲缘也是有些关联的。可祖辈即便是亲兄弟，开枝散叶到各个村落后也就生疏了。三荡口是三荡河上游的一个陌生村庄，十数里对人们来说已是无比的遥远。父亲把第二天的事情都交代好后，深深地叹了一口气说："烧纸叹人心——"他这种论调的话很多，我其时只能似是而非地明白一点点。他若是问我，我便一直点头不敢出声，否则无论如何回答，他都会用带着酒味的词语粗鲁地判断："你懂个鬼。"

他做的这些事正是和"鬼"有关的。然而他并没有任何悲伤或者恐惧的情绪。酒水壮了他的胆，况且那又是他难忘的亲人们。船从南角墩内河出发，带着农具的我们就像去奔赴一场收获般庄重与急切。进了三荡河，水面开阔起来。在水面上看河，有另一番景象。

刚刚苏醒过来的河岸，残留着往年的枯黄。这些枯黄烘托着刚探出头的新芽，如年长者花白头发。解冻的泥土散碎开来，在安静的早晨渐渐散裂，发出清晰动人的声响。农人早就算好土地醒来的时刻，到岸边收获这些迷人的细节。酥土被母亲们细致的双手捧起来堆在岸边，像一堆堆静穆的坟冢。三荡河两岸有许多坟冢，这些连墓碑都没有的土堆深藏着无数的过往。时间久了，它们已经不代表悲伤和恐惧，成为平原上稍显别致的独特地形。人们把酥土堆成坟冢的形状也并非有心，这种形式像一个符号，可以标记出生长的节点。生长和离开其实都蕴含在坟冢中。没有这些收容结局的形式，平原上将难有无比丰富的事实和情绪。

刚刚苏醒过来的蛇，在水面游弋而去，和我们瘦弱的船一起留下平静的波纹。虽然没有一点恐惧之意，但我还是缩回了拨弄春水的手。父亲早就一肚子的不满，他总说："宁愿多带一个人，也不往水里拖一根绳。"据说这种拖水的阻力是惊人的。水路去三荡口用不了许多时间。我盼望船能再慢一点，可以认真看看那些安静的细节。叔叔们燃着烟，说着他们小时候往来于这条大河上的见闻。父亲卖力地撑着篙子，似乎生怕耽误了最好的时辰。父亲兄妹七人，三个妹妹出嫁外村，留下弟兄四个死守南角墩。分爨之后他们过各自的日子，平素很少聚在一起。往年上坟也是各自去的，只有这年因为迁坟聚在一条船上。平素他们就是吃同一个酒席，也难得坐在一张桌子边——他们的酒量不一样，脾气秉性也不一样。父亲在前一年清明梦到了三荡口的老坟。那一次他半夜醒来，抽着烟叹口气，自言自语道："老家的坟下水了。"几日后清明，他去三荡口填坟的时候，果然看见水面已经抵达坟边。

三荡口并非三荡河真正的河口，它是三条河流交汇的叉口。这些河的来源都是西去不远的大运河，就像众多子孙共有一个老祖宗。"荡"是平原上一种很常见的地势，是芦苇野草丛生的低洼地，得了个开阔而坦陈的名字。三荡口周边有三个荡，它们各有名字，但无足轻重。众多的荡滩和无数的农人一样，不同的表情之下守着的是同样的贫困和朴素。用这里人的话说，小鱼是翻不起大浪花来的。船抵达三荡口的高地边，河水被沉重的船荡漾着逼上岸去。父亲好像看见手里杯中酒水漾出来一样不安，皱了皱眉头说："水真是涨起来了。"我尾随他们上了岸，留下空荡荡的船在河里静默无语，像稀薄汤水里漂着的蛋花。

父亲兄弟四人如耕种一样开始挖地。他们的爷爷很多年前被埋葬在这里，此处是我们一个家族的根由。家事要像农务一样搭手整理，是一件庄重而又温暖的事情。这处居于水中的高地长满柳树。当初先人入土为安时，后人插下用以象征子孙的"哭丧棒"，后来长成了满目的杨柳依依。地上的坟冢都没有碑，树也都一样的表情，但这一切似乎从不会被认错。早些来填坟的人家已经燃起了毛昌纸，空气里弥漫着草木清芬，和四夏大忙时烧麦秆的气息一样。毛昌纸乃草木所制的粗纸，是供先人享用的冥币。讲究的人家用铁錾将纸打出月牙、元宝样的形状，而后一张张叠成长方条，四张一沓摞成十字形。一刀毛昌纸很厚，这是桩很需要耐心的活计。一般人家都直接点了烧尽，老人们看了就皱起眉头来——他们觉得整张的冥币到了先人那会"花不开"。人们在世的时候也喜欢点零钱，所以老人们想到自己百年之后也会有这种"不便"，就有些不安起来。可点着了火冒阵青烟，庄严的气氛是一样的。

父亲领着我们就地磕了头，口中念念有词："子孙们来给您二老搬家了。去年就知道你们遭了水淹，受寒了。"叔叔们站起来，拿着铁锹果断地挖下去，像秋后挖墒一样卖力。被打开的黝黑泥土湿漉漉的，验证了父亲去年那一夜所梦不虚。他提醒着弟弟们一定要小心，因为那些苍老的骨头很快就出现了。据他说当年本是有棺木的，但时间长就朽坏了，只有偶尔可见的棺钉沾满着铁锈和泥土。骨殖也朽得面目全非，露出苍老的暗红色。父亲弯下腰去，就像收获地里庄稼的块根一样，把那堆亡人的遗骸悉数拾进一个红色布袋里。他的兄弟们站起来抽着烟围观，嘴里议论着哥哥的胆大。他们本是劝他戴上手套的。父亲有些不以为然地说："都是自己的祖宗，没有什么好怕的。"二叔说他是蛮干，又给他点上了一根烟。烟在村里人眼中有辟邪的作用。平原上说"安"字音如"烟"，点了烟，就得了"安安稳稳"的顺遂。

那一刻我的内心很是不安。并非惧怕那些苍老的骨头，而是看见了泥土里扭动着异常肥硕的蚯蚓，心里满是古怪的情绪。蚯蚓在村里被叫作寒蛇，本不是可怕的虫豸，但它们出现在墓穴里时，好像比蛇更充满寒意。二叔一再提醒父亲要小心一点，墓穴里钻出蛇来是常有的事。父亲的烟在嘴角熟练地转动着，猛吸了一口后被吐掉。他仍旧不以为然地说："有蛇也是家里的，有什么可怕？"

红色布袋被装得满满的。这种红色是平素积攒的孝布，本就是有特别意义的事物，装进骨头之后更令人生畏。父亲把布袋放进一口陶盆里捧在手上。这口陶盆很粗粝，也是他从宝应人船上买来的。村子里似乎少见这种器型，买来后也没有正经用途，就在檐口下滴水，冬天的时候总有一层厚厚的冰。母亲说它已经有道细小的裂纹了，久而久之泥灰又掩盖了伤口，但始终没有大的用处。父亲不必和谁商量，就带这口盆来三荡口作"正用"。一口盆默默不语，大概也是忘记了自己的故乡。它也不会把这里当故乡，却守住了几位亡人的旧地。

三荡口水中那片长满柳树的高地，日后想起来，正是诗里的"在河之洲"。我再也没有去过那片黝黑的湿地，那一片茂盛的柳树也被忘却在诗一样虚无的水荡里了。船再次出发，不过一箭之遥就又靠岸。三荡口庄台后身有一条地势更高的圩子，这个地方父亲来仔细看过，也有很多本族先人的坟茔。他们按照郭先生的嘱咐行事，在圩子边挖出坑穴，安放被迁移来的先人。当泥土再次覆盖那些骨骸，我又遵命跪下磕了头。河岸上起了新的坟头，周边的泥土明显又低落下去，这种过程就像人生起伏的隐喻。叔叔们又坐下来抽烟。三叔拍拍裤子上的灰土，从一边的坟头上折下柳枝来教我织柳花。所谓柳花，就是从柳枝折断的地方将树皮揭下来捏紧，顺势将枝上的皮抽到枝头，就成了一朵插在坟头的花。因为迁坟不再插"哭丧棒"，父亲把先前从集市头回来的三棵柏树栽上。这几棵瘦弱的树也是从异乡贩卖来的。它们年前从集市到了村庄后，一直秧在水边等着，到了日子才在三荡口扎了根。父亲心满意足地拍拍手，掏出口袋里自己带的几包烟，每个弟弟分给一包，自己又散了一圈儿后说："好了，这下安生了！"好像安生的并非亡人，而是他自己。

我们又回到船上，晃荡着回南角墩去。

船回到庄台的岸边，父亲朝家门口挥了挥手。母亲朝着正谈笑的妯娌们喊了一句："回来了。"短促而急躁的炮仗突然炸响，半天的忙碌一瞬间成了落在地上的碎末。大家把手上的农具放回原位，坐到桌边就端碗喝酒吃肉。这才是今天最重要的仪式。母亲本想提醒父亲去洗洗手，可他看来毫不在乎，一杯酒下肚声音就大了起来："今天，干了一件大事……"二娘站房门口阴着脸，很不情愿地驳了一句："这算什么倒头大事？"她这话说得平静而恶毒。村里旧俗，老人垂危尚未咽气之前，就从原来躺的床上换到另外准备的床板（是谓太平床或吉祥床）上，不能叫死人背着床走，否则不吉。"倒头"是说死了，是恶言。喝了酒的二叔放下筷子，黑着脸说："妇道人家就是话多，饭也堵不了你们的嘴，没事就蜷家里去。"很显然气氛瞬间僵了，幸而四叔站起来说："喝酒，喝酒，哪里来这么些穷话？"

妯娌们不欢而散令人不安，但他们兄弟四人坐一起喝酒，倒是难得的情景。二娘的话也并非毫无缘由。父亲去迁的坟是他自己承继门户的祖坟，和南角墩一支多少是疏远了的。按照村里的规矩，二叔现在是家里长子，父亲长兄的位置早就不存在了。现在听了父亲的话，他们兄弟几个去迁坟，这是不合规矩的事情。说到底，二婶是在乎二叔在家族里的地位。说到亲缘，她在妯娌间最为特殊，结了"亲上加亲"的婚事。她和二叔是表兄妹结婚，这在过去也不稀罕。她并不十分赞成二叔参与迁坟的事。她以为这是不合礼法的——各人该敬自家的祖宗。可三荡口这一支族人并不遥远得毫无根据。父亲承继门户的爷爷，是自家爷爷的亲兄弟。从那以后他们兄弟很少再碰头，好在一个村子里也并不难见。那日人散后，母亲也嘀咕着："要追究这些规矩做什么？"父亲瞪着眼睛不言语，让满是烟酒味道的家中显出某种不安。

俄而，他又把酒杯用力地拍在桌上，吐出一句："这是孝顺。"其时，我觉得这几个字空洞而沉重。

我们家是从爷爷辈来南角墩的，他们原本也在三荡口庄台上聚居的。爷爷扛着一根放鸭子的"舞把"来了南角墩，他是看中了三荡河边的田地更平坦一些。他和奶奶生下八个儿女，最大的孩子在饥荒中殁了，父亲就成了长子。困难时期，爷爷在老家三荡口的叔叔家因没有后代，就让父亲去顶门户。家里少一张嘴，日子到底缓解一些。爷爷的那位叔叔家境颇丰，是过去人们嘴里说的"大地主"。关于这些，后来南角墩人有很多神乎其神的传说，意思只有一种：那时候父亲过了一段不应该有的好日子。

这户人家的富有，在以后很长一段时间都于传说中令人艳羡。他家地窖里的大缸中满是黄灿灿的谷子，又有一罐子古钱和银元用不完。这位被称为地主的曾祖父不用种地，只在家里打一种纸牌。村里有一种赌博叫作"看麻雀子"，用的是一种窄窄的纸牌，上面印着各种古怪的图案。老人迷恋赌博到了无法想象的程度。据说夜里打牌入迷，脖子后面总是发痒也顾不得调头，只在伸手蘸点唾沫拈牌的时候，顺便也在脖子后面抹抹。一夜过后牌局结束了，转身看见一条大蛇死在地上。对父亲讲的这个故事我一直深表怀疑。但他一直相信唾沫是能消毒的，每每哪里痒了就如法效仿。这位曾祖父的牌技看来也是不错的，因为过去在一边"看斜头"的父亲，后来也学了一手打牌的好本事。曾祖父平素不做事情，瞎了眼睛的曾祖母就总是埋怨，催着他去放几只鸭子。鸭子是鲁莽的家伙，总是到处跳腾聒噪。曾祖父一气之下将那些畜生的脚掌都剪掉了。这些可怜的鸭子凄厉地惨叫，终于不再到处乱跑了。曾祖父就乐滋滋地说："这下总算是安生了。"传说不管真假，总能推测出这位曾祖大概生活富足，而且有些任性。

父亲过继去顶门户后，一开始日子过得确实是可喜的。人们总说其时他梳着油晃晃的分头，那熏得人头疼的桂花香气老远就能闻到。他的脖子上又总是挂着一个很长的银索子锁——

据说有小孩从头到脚那么长。他在这样的人家生活，自然会有村里的姑娘巴望着。这些事情，我的母亲后来也讲过，其时她还不认识父亲。

这样的日子到底不是村庄应该有的。幸而——不久之后，地主死了，家里没落了，这好像才更符合人们的心意。曾祖父临死之前交代了几件事情：以后子孙不准赌钱，十赌九输；要把他安顿在三荡口的坟滩上，这样回家找得到路；以后不管到哪里都要带着瞎子奶奶，不能让她吃苦；实在困难了，屋子拆光卖了砖瓦梁把也可以，但有两样东西不能卖：家里的大门和屋后的茅缸。

日子从富足到艰难是迅速的。曾祖父归天之后，撒手留下的日子就立刻艰难起来。父亲咬牙卖了屋子，带着眼盲的曾祖母回了南角墩。曾祖母原来姓刘，但大家都只叫她瞎三奶奶。父亲遵了曾祖父的遗言，带着老屋的大门以及房后的茅缸一起离开三荡口。据说回来的时候也颇有些周折。父亲把所剩的几个银元给了自己的母亲，又请来娘舅做主才把家事理顺了。他的母亲满脸不高兴，见父亲回来就不快活地说："回来不回来，我以后也不用你的毛'塞钉'。"她是一位饱经困苦的女人，丈夫四十五岁就得了肺病去世，丢下一众儿女给她。她咬着牙把孩子们领大了，过够了贫寒的日子。她说的"塞钉"是旧时风俗，亡人入殓时，要用长子的头发和棺材钉一起封上棺材。她当然也很介意大儿子已然继承外出的事实，担心自己的身后事难以周全。

回到南角墩的父亲一文不名。父亲出生在一九四九年的夏天。我一直不知道他的生日，后来看身份证才知道是八月十九。他也没有认真记得自己的生辰。家里兄弟姐妹多，一张嘴都顾不上，上学更是不可能的事情。不知道他怎么会写自己名字的，"周仁常"这三个字写得格外周正。他还得意自己名字的意义，告诉我"仁义"二字常是最要紧的。也许这是曾祖父教他的。他还从这位好赌的曾祖那儿学来一副颇有些深意的对联："积德前程远；存仁后步宽。"等我上了学，会写几个大字时，父亲就命我写春节的"对子"，这令人畏惧。他就反问："不然上学有什么用处？"除了大门写规定的族联"爱莲世泽；庆远家声"之外，后门一定要写这副当时我不解其意的对联。

回南角墩之后，与瞎三奶奶相依为命的父亲只能以务农为生。他有一把好力气，浑身就像他的诨名"小牛"一样劲健。村里人叫农历己丑年出生的他作"小牛"。他本是极不情愿的，但时间长了也无可奈何，就像与生俱来的肤色一样。这个名字还被带到了三荡口。许多年后他回到那个村庄，老人们见了还是这样喊道："小牛回来了。"他在生产队里用牛，这个工作曾像后来的拖拉机手一样重要，是一件光荣却无比艰辛的事情。

生产队里长了两三年的小牛正是暴躁的时候，这也像极了父亲刚烈的脾性。父亲说他的脾气继承了自己的父亲。这位早逝的"上人"我们没有见过。他撒手离开南角墩的时候，长孙也才在襁褓中哭啼。父亲说爷爷暴躁起来用七股的麻绳像鞭打蛮牛一样抽他。他咬着牙不说话，任身上爆起血红的印子。看来暴躁和贫穷一样是会遗传的。然而村里人并不这么想，他们觉得父亲是过了好日子的，而暴躁是后来的无奈甚至报应。他在三荡口的日子不知道究竟是什么样子的。那位好赌的曾祖父散尽了家财，留给他的尽是悲凉。

生产队把一头暴躁的小牛给他用，这让他自己这头牛也长出了无尽的刚烈。他用麻丝和布条绞成的牛鞭抽打着比人更辛苦的牲畜。这些响亮的鞭子也像是抽在用牛人的身上。父亲喊着用牛的号子，光着脚在土地上走过，一声声扯着嗓子，像牲畜艰辛的哀嚎：

"号子啊来来哟，啊嘘——"

套在牛身的"轭"（架在牛脖子上的短粗曲木），就是扼住命运的手，把人和牲畜一起压抑在皮肤一样黝黑的土地上。日暮，牛回到村庄，和疲惫的人一样有气无声，瘫在牛棚里啃食干枯的稻草。父亲从那时候开始喝麻酒，那种粗劣的白酒就像枯草一样难以下咽。辛苦的劳作早就让他变得麻木，疲惫的身躯在酒水的欺骗之下得以暂时修整。夏天的牛驻在水汪里躲避蚊虫。门前这处凹进来的坑塘一直存在着，直到牛离开了土地也没有被填平。生活的伤口也像这些凹塘一样麻木，它们从来不奢望人们来修复。

水塘边满是牛虻在盘旋。虫豸坚决不肯饶过这些疲惫的牲畜，就像贫穷偏偏要咬着无奈的日子。听说父亲被牛虻叮得实在无奈的时候，用河里的稀泥涂在黑皮上——这些并没有成为那时候他吃苦的证据，而是作为人们日后举证他顽劣的实例。在人们心里，他从来不是一头令人怜惜的牯牛。他所受的苦痛抵消了他以往的快活——尽管那些被传说的好日子并没有什么可靠的证据。

父亲咬牙在南角墩生活到十九岁，离开风烛残年的瞎三奶奶当兵去了。这在南角墩也并不是什么稀奇事，可他的离开又一次成为躲避苦难的证据。据说部队的日子是不错的，至少是不用饿肚子的。人们总觉得他是没有吃过什么苦的，特别是在三荡口生活的好日子令人难以原谅。其实他并没有得到什么实惠，相反，他失去了家中长子的身份，又成为村庄的一个外来者，总是显得格格不入。可不管村庄以及家庭如何难以接受他的回归，他似乎对于家族总是饱含着一种特别的信念。对于"上人"的一切他毫不置疑地接纳着。他说的孝顺是一种很朴素的意识。因为他的倔强，这种朴素有了更深刻的意味。

父亲所承继的门庭，留给他意味不明的一对大门和一口茅缸。或许这些物事本身有着某种传承的隐喻，而曾祖父的遗言里并未对这些隐喻做明确的交代。父亲后来还回过三荡口，把旧时码头上一些沉重的石头都运了回来，在南角墩重新安放成一种标新立异的存在。

码头是河流与村庄的接口，来来往往许多细节都在此发生着。水是生活的来源，也是日子的出口。清净与肮脏都在码头上交替。人们一般不到邻居家上码头，尽管河水连通着左右四邻的日常。水边的人家都有码头，大多是砖砌的，困难的人家只用草木绳结踩实了泥坡。父亲从三荡口运回来的石头奇形怪状，色泽和质地都不是一式的，就像五湖四海的生面孔聚在一起。它们被就势安放在水边，造就了一种特别的意境。这在村庄是一个特例，和父亲的遭遇颇为相似。

　　石头辗转他乡，心里一定还记得自己的故乡。它们也不说出关于自己老家的秘密。哪怕从此再也不流浪，往事也永远无从解密，故乡还是在磐石一样的心念里。

　　父亲或许就是这样一块顽固的石头。

　　我从开始记事时起就埋怨他的顽固。我对他多是言听计从，只因畏惧他的嗓门和拳脚。对于他关于三荡口以及家族的那些信念，我很有些不以为然。这种感觉随着我多读了几本书变得愈发强烈。我意识到叔叔们也不理解他，觉得他的倔强毫无意义。他们经常大打出手，事后他总是很不服气地吐着烟说："我是你们的哥哥！"大概只有他自己这么想。母亲和我都不同意他的说法。他把家族里的长幼与轻重看得比命还重要。他早早从部队复员也是因为家庭。服役期还没有满，他就申请了复员回乡，原因是瞎三奶奶老病不堪，无人照料。家里托人写信给他，大多也只是告诉他曾祖母的状况。他后来和我说起这些事情，总显出无尽的失落。那时候家里请人代写的信，总是这一句打头：今来信无别……

　　也许村庄对他来说，除瞎三奶奶之外，确实没有任何牵挂了。

　　他回到村庄的时候依旧行囊单薄，只几件部队的用物：一盘打背包用的布带，一对没有写部队番号的肩章，还有一副铜质的望远镜。这些东西后来辗转几处才到了我手上。父亲回村的时候已经二十出头。瞎三奶奶仍像是见了小孩一样摸摸他，不久之后人就老了。"老了"是村庄对人离世的婉转说法，人们将离开说得无比平常与淡然。人和草木一样都会老的，这是无法阻止的事实。瞎三奶奶老了之后，父亲照例按嫡亲子嗣的规矩给她办了后事，这是所谓"了手尾"。一个人在村庄里的末了，就是那些复杂的规矩和仪式。可事情在父亲心里并没有成为末了。奶奶默默地望着他忙碌，黯然说了一句："他早就是别人家的后代了。"

父亲大概也没有多想这件事的后果，但心里完全清楚所有人都在意这一切。他后来与我讲这些的时候，我觉得他的坚持并没有什么可贵，倒引发了许多令人不安的争执。我本以为只有他会有这样自以为是的坚定信念。一次我与他争执起来，以为平素都反对他的兄弟会为我帮腔，哪知道他最小的弟弟黑着脸说："错上天，他是你老子！"

我明白了，他们心里有自己的上天。尤其对父亲而言，"上代传下世"是天大的道理。我后来负气离开村庄，可能也是遗传了一些古怪的情绪，就像父亲永远不变的黝黑皮肤一样倔强——而我如此叛离，也是一种倔强。

某次我远行在外，遇见一位颇有些见识的人，不知何故谈起了老家旧事。他大概看过几本奇书，推算出我老家的祖坟是在水边的。我并没有相信这些似是而非的说辞，但对于祖居之地倒是突然多了些想念。大概也是年岁渐长的缘故，人到底是起了怀念之意，对于幼时所见的那些陌生坟冢也会不断想起。特别是父亲几次念叨要带我的孩子去看看——我知道他的意思，但也明白我的孩子未必愿意了解这些事实。

并不遥远的三荡口已经变得充满阻隔。河流依然西来东去，但船舶已经老迈。它们向不断出现的桥梁交了班。"隔河千里远"已经成为一个陌生的词语。父亲也不大愿意再划船出行。他甚至警告孩子们河流是危险的。宽阔的道路看似通达了更遥远的世界，但我们期盼快速抵达那些沉默的村庄却十分艰难。明明是车水马龙的大道，村庄也近在咫尺，但寻找原来的入口却颇费周折。父亲坐在车上，不断地张望着穿梭而过的路口，也不敢确定究竟是哪个道口通往回家的路。也许只有走水路或者步行，才能轻车熟路进入那个他曾了如指掌的村庄。

我们从他犹豫的指点中拐进村庄。狭窄的道路显得很不友好。对面又驶来车辆，眼看着已经十分局促。孩子埋怨一定是走错了路，可掉头又实在困难。父亲突然欣喜地叫起来："就是前面那站着三棵松树的地方。"

他当年种下的是三棵柏树。村庄里的人对于松柏似乎并没有什么细致的分辨。人们一成不变地坚持着自己的看法，就像三荡口一别三十年似乎也没有什么变化。

菜花在两边的土地上铺陈着。苍老的树木因为春天的到来勉强挤出一点热情，给了阳春里的屋舍一些稀疏的影子。蜜蜂不知道从哪里飞来，也不知道要往哪里奔去。花事热烈欢迎一场辛苦的忙碌，虫子却是没有根的孩子。它们因为辛劳而忘记烦恼，就像土地上周旋了一辈子的农民没有多余的心思。只有脚下无根的人才有那么多怨念。河流的走向如倔强的脾性，丝毫没有给外界的变化让路。这些被外人看来是没有出路的坚守，让人心疼而又感激。

孩子一下车就追着花草和蜂蝶嬉闹，对于已经和土地融为一体的坟冢，她没有任何不安的感觉。她不知道那些草木是陪着先人度过漫长岁月的守墓人。父亲看到树下老坟的现状，现出满脸忧虑。崩塌的泥土已经暴露出苍老的骸骨。我知道他对这事情很慎重，只要动土都必先去请"先生"看一下。现在郭大麻子已经老了，他的儿子成了村里新的"郭先生"。我劝他不要犹豫不决，随即带他折回到村子里去，就像当年他带着我一样。三荡口的村落已经人丁稀少，不远处工厂在努力逼近。他看看这些似乎也已经陌生的屋舍，努力地想起来一两个名字说给我听。这些名字都被他用城里的某些单位去限定，比如在某校教书的三叶子的儿子——这里老村民的后人也大多离开了。

我们在一处鸡鸭欢鸣的屋舍边停下。我一眼就看见屋边有一口陶盆。这和当年父亲带来三荡口的那口陶盆一个模样，内中也是空无一物。一位老人走出来，狐疑地望着我们。我连忙说出要买这口盆的意思。老人听说要给钱，反而有些不安，连忙说乡下的东西不谈什么钱。我硬塞给他钱后，才端起这口沾满泥灰的陶盆。老人握着钱，显得局促不安。我怕他改变主意忙快走几步，又被一个妇人挡住。她不客气地质问："谁让你拿这盆的？"父亲跟上来，大概认出了她却又忘记了名字，脱口喊道："我是小牛啊！"

小牛这两个字像是打开时光之门的钥匙。她激动又迟疑地问："真是小牛吗，你回家来啦！"父亲的声音陡然大起来："是我，我也老得眼睛看不见路啦。"一阵唏嘘，我们离开村庄回到柏树下。父亲跪着将先人的骸骨拾起来放进盆里。这和几十年前的场景一模一样。我又去到水边养鱼人家的棚屋，打算买一只口袋装上那个陶盆。那养鱼的妇人爽快地说："乡下的东西不谈什么钱，拿走便是。"

我联系好最近的公墓，安置这口陶盆里的光阴。父亲点了烟，淡淡地说："人到最后就剩一堆骨头。"他背着口袋在崎岖的路上往前走去，就如当年离开三荡口一样悲情。他又讲起曾祖父的那些故事，我的孩子像我当年一样对此丝毫不感兴趣。上车的时候父亲又迟疑起来——按照他的道理，自家车迁坟是不合规矩的。我没有迷信他的想法。我知道他背上的那条口袋里装着的，只不过是他挂念了一辈子的岁月。除去这些，用他的话说，人就只剩一堆骨头。

二 失业

父亲提前从部队复员归乡之后变得更加固执。这与平原上庄稼的生长完全一种脾性。无论旱涝的形势，也不管良莠的结果，倔强是平原上庄稼赖以生存的个性。

奶奶本以为父亲吃了几年"萝卜干饭"会有出息——这是村庄对行伍的一种说法，那些手艺人拜师学艺的岁月也被这样描述。家里人指望他摸爬滚打几年多少有些见识，也能长进一点，可他还是一如既往的固执，否则他也不会再回到村庄。他本来是有些自豪的，部队里给他办了复员手续，分配了省城一家轧花厂的工作。

但工作的事情起了风波。这正是农人们说的"穷人发财如受罪"。他还没有过上什么好日子，就有人犯起红眼病。村庄里有一种怪异的心理，笑人穷又怕人富。譬如一个穷困人家的日子突然有了点起色，人们就会满心怀疑起来：是这家男人偷鸡摸狗了，还是这家女人"跟人"不学好了？至少也应该是挖了人家祖坟，才发了横财。人们对于富裕是充满着警惕的，好像只有一如既往的困苦，才是村庄应有的样子。当人突然困难起来，人们才会在心里颇有些满意，同时做出一些令人动容的事情。搭把手，帮个忙，叹口气，总算是安心的——别人家的日子还不如我。有些人甚至要卖几个鸡蛋来帮衬你，并不完全是帮忙，更是一种心理上的自我宽慰。这种心理大概叫"帮穷"，这在过去的日子里并不少见。贫穷逼迫得人们变得异常麻木，人们希望大家一起固守着困境，这样似乎更让人安心。

我并非恶意去指陈村庄的劣迹，作为农民的后代，更该正视村庄的缺陷。大地上的事情困难起来，连荒草都是会欺负庄稼的，且是不能搬砖头砸天的。

父亲料理好曾祖母的后事，本是打算去奔一段好前程的。彼时的村庄里，大多数人只是听说过省城南京——是要过河过江，颠簸一天一夜才能抵达的地方。路途已经令人叹为观止，没有人能够想象得出，在那里过日子是什么样的福气。这也引起了人们的不安。大家的不满很快就暴露出来。他们有一种很简明的脾性，喜怒哀乐溢于言表。人们自嘲这种脾性是"狗脸上栽毛，说翻脸就翻脸"。这并不可怕，人们惧怕的是算计。村里人认为读了书或者当了干部的人是善于算计的。他们眼睛里的干部就是村干部，村支书就是最大的干部。只有这些干部对他们"有用"，至于那些位高权重的，听说了也并不感兴趣。他们以为村里的干部会算计，因此过上了不同的日子。他们用两种很有趣的动物形容这些人，一是鹬，二是虾子。鹬是平原上的一种水鸟，叫声很是凄厉。它的嘴长，利于捕食鱼虾。乡下人是不吃这种水鸟的，城里人在春暖花开的时候捉了它们来卤食。那尖尖的嘴也是留着的，好像有什么特别的滋味，谓之"桃花鹬"。说村干部如它，是说"属鹬的——伸嘴吃别人的"。又说村干部是属虾子的——手长。这些并不美好的比喻其实又暗含着妒忌。农人又总是这样教育孩子："你要好好念书，长大了做干部，二两事情都不用做。"这是对村干部的偏见，也有求而不得的愤恨。

父亲吃了一位村干部的闷亏。村干部其实也是农民，干部更像是他们的兼职。他们并没有太多有别于庄稼人的见识，只是裤带上挂着钥匙和公章，象征着无限的权力。父亲以为自己拿了去省城报到的介绍信，那上面的公章又红又圆，会更权威一点，不料在村里公章面前吃了亏。本来只是要盖一个章证明他"根正苗红"，可是大队支书推托说要研究研究。奶奶知道这些老爷的怪病，就是"鸡蛋上手都要脱一层皮"的，公章哪里这么容易就能盖到？奶奶给父亲买了两包"大前门"香烟，让他去人前"舌头打个软"求个情。倔强的父亲自己把烟抽了。他觉得盖章的事是理所当然的。奶奶气得用舀水的瓢敲他脑袋，他就是倔强地不肯低头，还摩挲着手里的一根新扁担说："要是盖不到章，就拿扁担敲支书的脑袋。"

　　这根扁担是他新做的。不知道他为什么喜欢扁担。他伐了一棵野地里的桑树，放在水里泡烂了皮，捞出来的时候，就像从东海里得了金箍棒一样珍视。他把那层已经沤得发臭的皮揭掉，露出了内里光滑坚韧的木质。太阳一晒，那腐朽的气味就淡了，反而流出深切的木香。他一个人慢慢琢磨着，削去木料上的疙疙瘩瘩，做成了一根笔直的扁担——搁在门边，有些不怒而威的意思。他的父亲给他讲过关于桑树的故事，是为了劝他理解被打是好事。村里有一句俚语："桑树条子从小拐。"桑是杂树，自顾自地野蛮生长。想要它成材可用，从小便要去拐——这完全是强迫，让它笔直地长成"有料"的树木。这是一种用心良苦的明喻。人也是要从小"拐"的，不然长大了就"没料"。没料是一件很严重的事情，对人尤其如此。爷爷把这个道理讲给他听，是让他不要怨恨遭受过的那些蛮横鞭打。人们打起架来也用扁担，这是趁手的"武器"。一时间怒气升腾起来，农具都可以成为武器。桑树扁担更直率而蛮横，令人望而生畏。父亲喜欢这种简洁的农具，可他做这根扁担本就不为农事。奶奶见他折腾几日，最终没有好脸色给他——她拿起砖头砸狗，砸着又骂起来："扁担大的'一'字都不认识，一辈子就这条穷命。"

父亲除了能写出自己的名字，确实不认识太多字。但他一点也不自卑。他觉得不认识扁担大的"一"字并不是什么严重的事情。他听奶奶一骂，似乎又更加有劲头："我要识字干什么？有这条桑树扁担，有多少道理讲不清楚？"

这些话传到了支书耳朵里。过去举扁担打人的事情也有过，多数时候人们只挥过头顶意思一下，就像狗扯着嗓子吓唬人。这次他知道事情窘得难堪，干脆装聋作哑。父亲也去他家敲过门，只有那只土狗在院子里叫，人躲在家中不作声——"三个不开口，神仙难下手"。父亲见到他家的狗都恨不得捡砖头砸。可它虽然狗仗人势，但也确实不明就里。父亲就恐吓它："再叫就剥了你的皮吃肉。"父亲剥狗也有些名气。他在三荡口的时候认识很多渔民。渔民多养猎狗，渔获少的时候便上岸打猎。

他们也有剥野狗的，这在光景困难时也是无奈。到后来，这竟然成为一种手艺。在南角墩，父亲的这门手艺是秘而不宣的。这里的农人由来已久地怜爱狗——据说狗来富，所以不轻易下手。大队支书是喜欢吃狗肉的，传说冬天的狗肉治胃病。人们说他的胃病是吃了太多白食的恶果，所以并没有人可怜他的苦痛。他吃狗肉的方法很有些诡异——端着碗蹲在茅缸上吃。据说要是不吐出来便有"药效"。人们心里认为这是"作事害孽"，但又都沉默不语。

父亲的事情一直没有办成。他手上的扁担也空有一身威风。如果他听自己母亲的话，事情早就解决了。不知道他如何想起了一个奇怪的主意——去给那位支书送了一堆狗肉。夜幕降临后，他提着狗肉进支书家门时，院子里的狗发疯一样叫嚣起来。他一脚踏进大门，遇见支书的婆娘，就把肉扔在一边。她看见那血肉模糊的一堆，有些诡异但又不敢动弹。支书夹着烟走出来，皱了皱眉头不吭声。父亲一言不发转身走了。这天夜里支书把一半狗肉煨了，另一半腌了藏起来。他都是夜里烧狗肉，要用柴火烀半宿。那院子里的狗胆战心惊地叫了一夜。支书剔了骨头扔到院子里，把狗吓得瑟瑟发抖。他吐了烟骂道："瘟狗，再叫就'带刀'一锅煨了。"带刀，就是顺带的意思，可见他对自家的狗也没有什么情义可讲。这道美味很是难得，他第二天又放了五香八角红烧了，又邀了自己的"小亲家"来吃饭，只说是拾到了一只兔子。小亲家是干女儿的老子。支书认这门干亲是为自己儿子打算，想人家的女儿做儿媳妇。亲家母不上门，亲家公来喝酒。邻居们就议论，亲家母白天是不会来的。农人又会说，亲家母上门，不是借东西就是偷人。支书和亲家母的事是公开的秘密。

二两酒下肚，亲家公直说这兔子肉好吃。支书灌了几口酒诡谲地笑起来。酒是诚实的，能扒开人的嘴。一说是狗肉，亲家公变了脸。他家的狗昨天丢了。支书一听脸也黑下来，但他转得快——忙说这狗肉是外地人带回来的。"明显外地狗的味道，你吃不出来吗？"亲家公不说什么，放下筷子摔门而去。支书气得拍桌子，对着院子里的狗骂道："要是他狗日的能出得了南角墩的门，我就同他姓。"

事情很快就传开来。村里传播消息的小道，是人们吃饭时端着碗串门嚼舌头。这种被讥为"要饭花子"的做派，传播消息很有些神通。看似不经意的一句，事实是端碗之前就盘算好的。好像有些消息不传出去，烂在肚子里会像碗里的饭食一样馊掉。"支书剥了自己小亲家的狗"，就是一句急着要传出去的话。人们又说他亲家母的人不放过，狗也不放过。父亲听说这话，心里只觉得快活。他望望自己的扁担，咬着牙准备再上一趟支书的门。拿人手短，吃人嘴软——他觉得支书收了自己的狗肉，现在必须给他办事。扁担抓在手上累了，就放下一头在地上拖。土路上扬起一阵暴躁的灰尘。

到了支书家只见他婆娘在。女人气得骂狗，父亲只好拖着扁担又晃荡出来。人们见了觉得诧异，不理解他拿根空扁担干什么。他也无脸回家。奶奶脸上布满阴云。她不知道狗肉是父亲送去的。他走到半路经过支书亲家母门口，想想自己剥狗的事情心里又有些自责，可现在没有回头路走了。想想有点负气，他抬脚踢倒了墙边倚着的一捆芦苇。

好在屋里没有狗出来叫了。它早就成了一堆肉穿过人的肚肠。父亲不知道，他这一脚惹了更大的风波。许多年后他把这些事情讲出来的时候，似乎也有一点悔意。他认为一切都是无心的，或者说是天意。那一脚踢在一捆芦苇上，比踢在人身上还要沉重。这捆芦苇是有"故事"的。村里人都知道支书和亲家母有故事。人们连他们"接头"的暗号都明了：她男人在家的时候，门口一捆芦苇就靠在墙边"站"着；男人出去了，这捆芦苇就放倒下来。父亲一脚把芦苇踢倒，支书远远地以为有了"信号"，赶紧一脚奔上了门，结果被亲家公活捉后一顿打。这一顿拳打脚踢，比遭扁担打更难为情。他躲在家里几天不出门，可事情当然很快就传开来。

父亲自忖事情没有了回旋的余地。可支书却派人带信来，让他带着表格去盖章。父亲以为支书出了丑变了念头，不曾多想出门就往支书家去。这一去，父亲的一辈子就被改变了——他才进门就有人来捉他，说他想要强奸良家妇女。被捉住之后，又有人去"抄家"，当然也没有找到什么值当的东西。他当兵带回来的那副望远镜似乎可以成为重要证据，就一起被带着进了派出所。乡里的书记和父亲是同一年当兵的战友，瞪着眼睛数落了几句，勒令没收东西了事。从此他也丢了进城工作的机会。

父亲又重回生产队里用牛，成为被人们叫得语气怪异的"小牛"。他连住的地方都没有。奶奶的儿女都大了，房子问题越发艰难起来。她坐在门口抽烟，嘴里念叨着春天孵鸡的口诀："鸡头朝西，个蛋个鸡。公鸡少，母鸡多，花花油绿一大窝。待到大毛长齐了，各上各的窝……"她眼里这一群儿女就像瘦弱的鸡仔。她慈爱而无奈地望着捉襟见肘的日子。

父亲只能暂住在牛棚。他不能像牛一样钻进泥泞的牛汪塘，更不会像牛一样悲情地哀鸣。他除了有一根扁担之外，再没有什么像样的家当，一走了之也未尝不可。但他觉得要是真走了就是逃跑。他把扁担的两端敲上洋钉，这样就可以扣住担绳——他是真想靠这根扁担过日子了。他也想像钉子一样，嵌在这南角墩的土地上。他本是想要养鸭子的，除了贫穷，他的父亲就传了这点手艺给他。可他没有本钱买雏鸭，而鸭子又是要吃粮食的。奶奶不同意他的妄想。她不相信自己的儿子可以过上好日子。也许穷困能让他在南角墩更安生一点。如果村庄对他有一丝容忍，就不会让他阴差阳错地丢了工作。所以，奶奶判定了他只能是"捧牛屁股"的命。他这头倔强的蛮牛，光着泥腿捧牛屁股才是符合天理的。

天也还是无绝人之路。那一年秋汛，河水中不知道从哪里来了许多螃蟹。农人认为这种"毛蟹"没有肉，也无从下嘴，实在乏善可陈。只有肥白的肉才符合人们的心意。父亲知道这是"蟹汛"来了，就像田里的麦子"秀"了，是不能错过的时机。人们关心着庄稼的时候，他收拾了东西离开村庄，在三荡河边搭了棚子——他那时不曾想到，几十年后河岸边会满是养鱼虾的棚户。他的"罾棚"茕茕孑立在大河边，成为村庄里的异数。他并不觉得难堪，因为即便是在家里，他也是个另类。他是靠着倔强在三荡河南岸站住脚的，就像一根顽固的洋钉。

事过几十年，他谈起这次蟹汛的经历，就像一个读书人介绍一篇自己得意的旧文，点点滴滴，细致而又清晰。他请人来做蟹罾，这些细致的活儿他是做不来的。他去三荡口找老渔民，这些生性有些蛮横的人，手上却有一把细致活儿。父亲看着渔民手上"穿针引线"，虽然最终没有学会这般手艺，但每一个细节都记得很清楚：织一块两三米见方的大眼尼龙线网做罾衣，用四根竹竿做罾架，一头绑住罾衣的四个角，一头并拢固定好，蟹罾就做成了。再将罾棚前的罾塘耘平，好让蟹罾在水底放稳，螃蟹也就容易爬进罾里——这些细节都在他滔滔不绝的讲述中存活着。

三荡河水面宽，蟹罾相对小，怎么就能让螃蟹爬进罾里？山人自有妙计，渔人发明了烟索，能让螃蟹乖乖地按照事先设置的路线行走。烟索是穰草绞成的，成年人膀子般粗细。先把草索在水里浸湿了，再在岸边垒成圆台状，中间是空着的，然后在里面搁些稻壳草屑，点上火，但不烧着，只用烟熏。刚绞的草索要熏上好几天才行。烟索熏好了，选择傍晚时分，在远离罾棚的上游对岸斜斜地往下布，一直布到罾棚，把罾塘包围，只留一个入口，好让螃蟹爬进去。

天黑了，父亲在罾棚前的临水处挂上一盏马灯，就像他自己炯炯有神的目光。这些光亮也能引诱螃蟹。螃蟹闻不得烟味，爬行中遇到烟索横在前面，自会本能地退让，而它们又必须洄游，只得顺着烟索的线路进入埋伏圈。这时扳起蟹罾，螃蟹就成瓮中之物了。第二天早上，父亲把烟索收起来，重新垒成圆台状，继续用烟熏，傍晚再布下，如此反复，直到蟹汛结束。

这些细节父亲一个人在三荡河边琢磨了许久。村庄里的人对于河水里的一切并不重视。他们大概不相信平淡的河水里会有什么意外收获。就连三荡口来的渔民，也不大敢相信这些横行霸道的东西会带来什么好运气。更重要的是，他们像农人一样，认为河流也是有界限的。这种界限在他们各自心里，使他们不会轻易逾越到别处的河流取鱼。

这一年蟹汛给倔强的父亲带来难得的好运气。他用那根扁担挑着鱼蟹赶到城里去卖，这在平原上叫"跑鲜"。跑鲜人家大多是祖传的生计。看来上天想赏他碗饭吃，他靠此在南角墩砌了四间大瓦房。据说这四间房当年是有些气派的。砖头是一例的青砖，门楣上设做工精湛的砖雕。大门用的是三荡口带回来的老物件，时间一长竟然还有点庄严。屋梁用桐油刮过三遍，屋脊上按照旧例用瓦堆成万年青形状。这一年是一九七八年。按照村里记岁的方法，他三十岁。进宅前几天，请村里的高先生用万年红写了对联："燕喜新居春正暖；莺迁乔木日初长。"横批是妇孺皆知的老话："姜太公在此百无禁忌。"敬了天地放了炮仗，家里还办了几桌水酒。父亲颇有些得意地招呼："粮食白，随便咽。"奶奶点着烟，眼睛笑得细成了一条缝。她不断地念叨："小牛终于是过出人样来了。"四间房子一半给兄弟们住，一间做堂屋，一间做厨房并搁下他的床。从此再也没有人叫他小牛，他的名字被重新记起来。这一年蟹汛退了之后，三荡河再也没有过毛蟹的消息，似乎再也没有见过一只。父亲本来想再去河里碰碰运气，再得点外快，买些青砖回来把堂屋的地铺一下，这样日子会更体面一点。奶奶在屋子的西山墙边上搭了棚子住下，她原来的破旧屋子给了其他儿女蜗居。她也指望日子能再好一点。可河水就像变哑巴了一样，从此不再开口说话。虽然河流不再慷慨，但奶奶还是叹着气说："求人不如求己，靠菩萨靠天还要靠自己。"她现在焦心的是父亲的婚事。三十岁的父亲并没有什么而立之年的忧虑。她闲下来就埋怨："都三十个'周年'了，到底还是不成人。"

　　除了庄稼之外，婆娘是村庄的又一件大事。当然如果田里庄稼不景气，婆娘问题也必然艰难。村里人来访亲，先问有没有"大袖子"问题（"大袖子"是狐臭的隐晦说法），而后便是问缸里的米。父亲的情况是不需要多访问的，他和兄弟姊妹的艰难是有些名气的。况且父亲还有"名声"问题。他跑到女人屋里而丢了工作的劣迹，就像伤疤一样难以去除。

父亲在三荡口的时候，是有姑娘看中过他的。后来家道中落，他又回了南角墩，一切也便成为往事了。奶奶央人又去问过，那姑娘的老子板起脸来说："我家的姑娘就是用洋锹捣成三段撂进河里，也不嫁到那南角墩去！"这句话让南角墩人跟着伤心了很久。父亲更像个背负恶名的罪人，见人都似乎抬不起头来。离三荡口不远的地方有个村叫庵赵庄，有个本家的姑娘是抱养来的。早年他的"地主"爷爷在时，谈过一门娃娃亲。可最终姑娘嫁给了一个和尚，还长了一辈，成了父亲的姑妈。这个村里有个大庵叫作菩提庵，是乡人汪曾祺早前举家避难的地方。这个地方的和尚只是一种职业，平素靠着放焰口谋生。父亲想想有些绝望，那姑娘宁愿嫁给和尚，也绝不进南角墩的门。他也只能像庙前的旗杆——光棍一条。

父亲大概也觉得这件事情拖累了村庄的名声，于是想着多少做点像样的事情。可他除了种地用牛外一无所长。直到有一年村里兴起了"玩文娱"的活动，他好像突然有了做点体面事情的机会了。他扯着嗓子唱歌——村里人说唱歌作"唱小唱"。

人们没有想到他在部队里学过几首歌子，唱得还真有模有样。村里人总认为从过军的人有一种"当兵"的脾气，直爽而蛮横。除此之外，人们并没有觉得父亲去军营几年有什么改善。当父亲唱起那些颇有些激越的歌曲时，人们似乎对他有了一丝刮目相看。他先唱当兵学的歌，又唱下河的小调《隔趄栽》《送麒麟》。人们闹起来还让他喊用牛的号子。他一时非常满意，这些歌子抵消了一些被分配到他头上的劳动。他扯着嗓子卖力比用牛要轻省十分。但这些也没有真正改变人们对他的看法。就连奶奶也依旧叹着气说："他还是个老大难。"

村庄始终是容不得人过上轻松日子的。父亲心里清楚：那位支书虽然后来离开了村庄，但仍牢记着那些刻骨铭心的过节。人们对于那件事情也有自己的看法，觉得父亲总归是吃了倔强的亏。对于他的倔强，我总觉得不值。待到年龄见长读了几本书，又觉得这应归咎于他不识字。然而我认为读点书的高明，他是不屑一顾的，尽管他一直坚持让我去读书。

有一年回乡去，他交给我一副望远镜。这成为我后来了解他过往的一个物证。他那天异常高兴，让我陪着喝点酒。对于烟酒他从来没有对我限制过。我抽的第一根烟，便是他递给我的。他也知道"多年父子成兄弟"的道理。他喝了一辈子"粮食白"，这和他的倔强是一样的。他对我说："老子一辈子就是不服气，错死了也要把他的'角'掰下来。""角"这个字，对于南角墩人来说，就是为难到无奈的事情，就像牛角一样坚硬而倔强。最为难的处境被形容为"六角墩"。人们要是把你送上"六角墩"去，就是无比窘迫甚至危险了。

他说的人正是当年的那位老支书。这位支书也是有些头脑的。当年父亲一帮人唱小唱的事，被他弄出了名堂来。他把这些农民劳动时哼唱的曲子搜集起来，成了一种据说无比珍贵的遗产。这是农人无法想象的事情。平原的内部并不是完全坦然的，它的内心丰赡而复杂。人们时常忽略这些珍贵的情绪，甚至认为这些是粗鄙而蛮横的。老支书把这些东西记到纸上，引起了外界的关注，他凭此得以去乡里做了文化站站长。

这令父亲更为怨愤，倚醉找上门去讨个说法。他不是去讨论那些老旧的歌声，而是要和他理论一番当年的过节。他那天是喝醉了酒去的——村里人总是以此作为判定父亲举止失常的依据。人们总是说，他喝了酒，当兵的脾气又犯起来了。这一回他没有带那根扁担。扁担用了多年，已经苍老而沉默，被丢在一个不起眼的角落。它只是老迈了，并没有失去倔强的性格。父亲赤手空拳去文化站找老支书，心里依旧有一根蛮横的扁担竖着。支书见了父亲，即便闻不到酒味，心里也发怵。他们的那些事情，人们也都听说过，并不新鲜。父亲向他要那副望远镜。支书黑着脸说："都三十年前的事情了，翻什么旧账？"父亲一听这话怒火中烧。三十年，在众人嘴里轻描淡写，但自己吃的苦他心知肚明。

派出所虽换了一茬茬民警，却都知道这些事情的来龙去脉。大家以为父亲酒劲过后自会不了了之。可父亲这次铁了心追要他的东西。人们都以为老支书拿不出那旧物件，但最终父亲还真逼得他交了出来。父亲觉得拿回这副望远镜是一种胜利，是给过去的日子一个说法，尽管一切早就已经远去。

这副望远镜被我带进城里放在书架上。我觉得它和我的那些书形成一种很有意味的比照。一件旧物并没有命运，只是人们的经历被它所见证。它见证了一种倔强，对错或好坏已并不重要，人们在意的是一口气。村里人觉得"拗一口气"很重要，尽管他们也知道这口气没了，就未必再有更重要的事情。日后，父亲听到这位老支书死去的消息时，掐了烟淡淡地说："人总是要死的。"

我以为这些事情在他们身上会有一个终结。村庄已然苍老，被不断逼近的城镇比照出极度的虚弱。自从走出村庄之后，我对这种倔强从惧怕变为警惕。作为农民的后代，我因进城生活而在心神上有了安然的意味。我也幻想村庄苍老时，会在快速的变化面前妥协。可是老化的只是肌体，不变的是黝黑的本色。这让我一度非常畏惧关于村庄的消息，我自私地希望它学会沉默。可我想错了——我想要的是田园，而村庄一直站在土地上。

一次出差途中，我的手机接到了一串来自村庄的信息。我急忙赶回村里，闹剧已经结束。回到家中推开虚掩的门，一股清冷的气息迎面而来。屋舍也是会受人情绪影响的。这一天下着冰凉的秋雨，气氛显得局促不安。父亲见我进来，艰难地挪动一下半坐起来，点了烟后沉默良久，最终挤出一句话："到底岁数大了，打不过少年人了。"

他说的"少年人"是现在的支书。事情因村庄南部粮田被圈为工业用地而起。林立的厂房接踵而至，也带来无数纷争。本来村民对于城镇是不屑一顾的，他们早就申明不愿意离开自己的土地。当工厂建立起来之后，人与地的关系变化了，这令他们焦躁不安。土地被流转只是外在形式的变化。人退出了耕地，土地与城镇发生了纠葛。人们从种地者变为收租人，继而成为这些厂房里的工人，又在城镇有了新的居所。人们在这些复杂的变迁中丢失了农民身份，也失去了长期踞守的土地。虽然在利益上并没有什么损失，但是余下半壁未曾租地与拆迁的村落里，与园区生发了令人不安的对抗。人们不再说要死守土地，理由似乎并不完全是因为安置费，而是工厂的气味影响了他们的生活。这不仅是一个科学问题，更是一种深刻的心理问题。对于祖祖辈辈依赖的土地，他们一夜之间失去了信心。

我开始还幼稚地认为他们会退却，但父辈的倔强令我震撼。我也以为父亲不会成为他们中的一员，可他竟然成为某种程度上的中坚力量。他们淋着秋风中的冷雨去讨要一个说法，弄得村庄内外鸡犬不宁。我在网络上看到这些信息的时候，突然对村庄和父辈感到异常陌生。他们事实上并不懂得什么深刻的道理或有效的办法，只是凭着情绪在自己的土地上奔走。

他们有一句老话：在家门口，能让架被人打了？

他们的自信有些质朴而天真。非常戏剧性的是，他们的"大事"被父亲的倔强搞砸了。那天人们约好了每户出一个人去工厂交涉，独居的父亲别无选择，只能亲身加入。到了现场，雨下得令人焦躁，一句不合就争吵起来。几十年来，村庄里的面孔并没有太大的变化。那些新参加工作的多也是本地人，他们行事的方式还是村庄教会的。因为雨水搅扰，这场交涉成了一场闹剧般的争斗。年岁最长的父亲本不是领头人，但他带头冲上去和对方争吵起来，最终大打出手。

　　我在和民警讨论来龙去脉的时候，他们似乎也并不完全怪罪村里人，只说村民是喝了酒胡闹。我叹息父亲不该如此从众，民警反而说："你是不懂的，这是他的面子。这么多人都去了，他不去要被人戳后脊梁骨的。"我知道民警这么说，并非完全是情面上的虚话，他明白在村庄中确实有一种很奇怪的认知和情绪。人们虽然不都是同一个锅里吃饭的家人，但确实踞守在同一个拆不开的村落里。这种看似散漫的执着，比纸张上明确的规矩顽固而有效。人们也并非不知对错善恶，但在隐秘的角落，藏着令人不解的力量。

　　父亲受了伤躺在床上，交代我的并不是要追究谁的责任。他忧心忡忡地讲，万一要是出了事，家里几百只鸭子就留给我了。他像交代后事一样把许多细节告诉我，却从头至尾没有提这件事的对错。我又去劝说他的兄弟和邻人，他们竟然和父亲一样的态度，自认完全有道理。我突然明白了，父亲的倔强并非是一个人的脾性，那是一个村庄的情绪遗传，是世代流传的土地上长出来的犟种——就像一条直来直去，不懂得打弯的桑树扁担。哪怕他们已然在土地上失业了。

三　迟婚

父亲三十四岁这年结了婚。

父亲的二弟结婚生子之后，家里的情势更加窘迫。人们会端着碗议论："你看看，连那做道士的大来子都有了婆娘，啧啧啧。"大来子从小就没正形，读了几天书又不专心，要去学唱戏，可怜他个子矮小又没扮像。又自己琢磨着拉二胡，他那二胡拉得像驴叫，无数的清晨村子里充满聒噪，好在人们并没有时间与他计较。他本想着学会了二胡跟戏班子走，可他的手艺上不了台盘。于是他又自学吹唢呐，自以为学成之后，就跟师父学做了道士。和尚与道士都是平原上的职业。人们本以为他做道士后婚事就难了，哪知道他日进几文，紧俏得很，自家姑妈上门来把女儿说给他做婆娘。这在过去也不少见。他那表妹有些迟钝，总是古怪地笑。

父亲的婚事是我的二舅妈上门来谈的。二舅妈家在高田上。平原自运河西来东去到下河逐渐低洼，下河人称运河边的村庄作"高田上"。高田上人家因为靠着城里，多做种菜的营生，日子要比下河宽裕得多。这位二舅妈是当家的，虽然大字不识一个，但过日子颇会算计。她会念很多戏文，还会算鸡兔同笼的题目。二舅是赤脚医生，写一手好字，会开中药方子。这个赵姓的家庭也不容易。外婆和她姐姐是一起从堂里被抱回来的，"堂"就是过去的孤儿院。也不知道她们是不是亲姐妹，两个人名字都叫赵堂英。她们都早年丧夫，各领着一众儿女长大。

二舅人生经历有些传奇。他出生在高田上一个叫阮湾的村庄。这个村庄也有一条大河，下游连着南角墩后面的三荡河。这条河显得很神秘，似乎和龙之类传说有关，所以这里老人多称这个村庄为"龙湾"。阮湾颗粒无收的时候，二舅一个人出去要饭。要饭都往安庆去，不知道是谁告诉他们那里有好日子过。就像过去枞阳人都到平原上来要饭，事实上彼此日子都紧巴巴的。这在那个年代是个著名的事件，后来叫作"跑安庆"，和闯关东、走西口一样有着悲壮的意味。二舅去安庆要饭时拜师学了中医，还坐了几年堂，后又回到高田上。回来之后他做了赤脚医生，又守着阮湾的大河摆渡。他摆渡很有些意境，一边写毛笔字一边等着过河人，时而又忙着给问诊的人抓药打针。二舅妈很有过日子的办法，她只身去了安庆，把二舅在那儿坐堂用的一组大药柜运了回来。她还靠着一张嘴问路，把失散三十多年远在海安县的妹妹找了回来。她抽烟的时候一只眼睛斜着，很有些霸道。

这样的女人在平原上被叫作"嘴一张，手一双"，是厉害角色。她来南角墩谈亲事，是为了自己的大姑子。她知道南角墩有个"老大难"，自己姑子的境况也不好，是个三十多岁的老姑娘。姑娘本生得高大，一条大辫子甩在后面。她和自己的妹妹都叫赵友英。困难的时候二舅出去讨饭，外婆带着两个女儿生计艰难，便也打算着去周边"勒棍子要饭"。高田上地势好，多数人家种蔬菜卖到城里谋生。夜里农人起了菜，剩下碎叶烂皮来不及收拾，很多人去讨要甚至偷抢。母亲不愿意去，她觉得难为情。外婆就带着姨娘去，要回来的黄菜梗和几粒米熬好了也不给母亲吃。后来姨娘先出嫁了。姨娘的婆家是一个破落地主，家里还有点余粮。母亲觉得这人家"成分不好"，外婆从那边带了鸡蛋回来，母亲也不吃。她见到过那位做过地主的公公，说一个咸鸭蛋要掏几顿，吃完一次就盖起来，苍蝇绕着蛋壳飞。她说这像是吃药。这当然是骂人的话。

后来二舅回乡来，家里的光景好了一点。二舅成了家，舅妈进了门，日子操持得更红火。偏偏老天爷捉弄，母亲得了一种怪病——"龟背痰"。据二舅后来说，这并不是什么大病，却被活生生地耽误了。他说的时候眼角抽动着，这是他一贯的样子。他抽着烟掩饰着自己的悔意。母亲患病之后本也是吃药的，但外婆听了自己姐姐的话，认定这是"蹚了鬼神"。外婆的这位姐姐家就在隔壁，她很有些古怪的想法，说话恶声恶气，死的时候也很古怪：子孙们烧完了几十刀毛昌纸，躺在堂前的她突然睁开眼睛活过来，又过了十多年，才离开那个村庄。外婆听她这个姐姐的话，去找巫婆神汉来给母亲"看病"，"确诊"了是鬼神之害后，按着母亲的头，让她喝了一大碗香灰水，结果耽误了病情，成了一个驼背的老姑娘。

二舅舍不得自己的妹妹，去乡里卖棉花都要带着她。那时棉花是难得的经济作物，人们对于收花站都格外向往。棉花被一种很粗粝的白布口袋装好了，用大船运走，去温暖他乡的睡梦。这种布袋很结实，常有人悄悄摸一条回家改作被里，母亲也跟着在忙乱中拿了一条。出了收花站之后被二舅发现，说了一句玩笑话：公家要来抓你的。

这句话成了纠缠母亲一生的魔咒。

从此她弯曲的身躯里多了一层恐惧，成了一个精神病人。二舅添了三个儿女，家里的日子也紧了。母亲年岁见长，二舅妈就盘算着她的婚事。因为父亲过去在附近的三荡口生活过，二舅妈对他在南角墩的事情也有耳闻，就亲自出马上门来谈亲事。奶奶皱了皱眉头，给二舅妈递了一根烟说："丁学英，我知道你是'八张嘴'，但再怎么说我儿子也不能配个驼子！""八张嘴"是八哥鸟，借指一个人话长理多。二舅妈叫丁学英，她的妹妹也叫这个名字。好像平原上的人们并不在意女人的正式名字，她们自有常用的小名区别彼此。这种情况在男人们身上是少有的。小名有时对于男人来说是一种耻辱。人家会这样说：你呀，养儿子不知道叫"小名"……就是说这户人家家风不好，不在乎孩子的名声。奶奶是知道二舅妈名字的。丁学英是人们嘴里的"大好佬"——人们就这么看待一个女人的干练。二舅妈燃着烟，眼睛也些许斜了一下。这大概是学了二舅的样子。她叹了口气说："下河人不要刁，一块馒头搭块糕。"

父亲的这门亲事就谈成了。

奶奶本以为父亲会反对的，谈话之前并没有告诉他。奶奶只是对着门外说："喜鹊叫，亲戚到。喜鹊喊，亲戚就到家门槛。你去打一丁点肉回来，要有好事上门来。"后来父亲告诉我，他结婚前没有见过母亲什么样子，只听说她是个驼子，也不知道她是有心病的。结婚的日子请人看了，就在年后的初十。那看日子的人说：初十好，实实在在。其时已到年关，家里的日子十分为难，连过年应时节的汤圆都没有。那一年发大水，粮食减产，水田的慈姑却大丰收。马棚湾的大慈姑不值钱，奶奶买了一蛇皮口袋回来，每天都用咸菜与慈姑烧汤。到了除夕这天，她一早就起来把慈姑削好了，用清水煮上，充作过年的"汤圆"。她带着一众儿女守岁，岁数小的孩子嫌弃慈姑的苦味，她把碗掼在桌上骂道："你们不'医'，我就倒给猪吃。"家里其实没有余粮养猪，这不过是气话。"医"是平原上骂人的话，形容吃饭如喝药医病一般艰难，别处难见这种说法。奶奶为父亲的婚礼做了一床新被子，被面是二叔结婚的时候亲戚出的人情礼，被里是用白布缝起来的。这种白布是平素办丧事攒得的孝布。奶奶的针线活儿好，针脚缝得很细密。日后母亲埋怨生活不好，怪罪结婚的时候这白色的被里不吉利。奶奶就阴着脸回道："有什么不吉利，清清白白比什么都好。"

父亲正月初九去高田上把大他一岁的新娘子接回来，初十，家里摆了几桌薄酒结婚。他自己挑着一副担子，用的就是他那根扬言要打村支书的扁担。扁担上贴了一块红纸，担子两头挂着嫁妆：一头是口樟木的箱子，里面装着娘家陪送的布料；另一头装着一个镜箱和日用品。母亲扎了一条红色的三角巾跟在他后面。二舅妈也跟着送亲，嘴上招呼个不停，像位能说会道的媒婆。她一生最得意的是做了很多媒。平原上有说法，一个人要做成三个媒人生才能得圆满。她一生做了三十个媒也不止，大家背后就笑话她是"狗好吃跑圩，人好吃做媒"。她听了翻着眼睛说："说我好，活到老；说我坏，骂他祖宗八代。"她一张嘴确实不饶人，难怪奶奶说她是"八张嘴"。对于父亲的婚事二舅妈相当满意，像抽完一根烟把烟蒂扔掉踩碎时那样轻松快活。

平原上的婚礼要办三天。第一天是暖房，第二天是正日，第三天吃打散酒。第三天并不再烧菜坐席，只把前一天多的酒菜热了吃完，短暂的好日子就像是屋子里的烟酒味一样散了。二舅妈把身上的两包烟丢给了奶奶，转身对父亲说："人交给你了，日子由你们自己过。你这牛脾气也要改改。"大家听了就哄闹起来——村里结婚的时候最喜欢闹姑爷和舅嫂的伦理笑话。二舅妈并非不懂得这些礼数，可她肚子里的话是要说出来的，最后一句话是："嫁出门的女儿，泼出去的水！"

娘家人走了，丢下母亲留在南角墩这个陌生的村庄里。从此，母亲成了人们嘴里的"新姐姐"。这是村庄对新娘的一种亲切叫法，一辈子都这么叫。到了母亲去世的时候，叔叔们还是说，新姐姐走了。

一年后的一九八三年，农历癸亥年，十月怀胎的母亲灯节临产。母亲告诉奶奶自己肚子疼了，家里就忙着去找村中的接生婆。因为母亲的残疾，接生婆一筹莫展。送到乡里的卫生院，乡村医生也束手无策。奶奶急得在门外跳脚，直骂道："任教绝后，也不桀纠。""桀纠"在村庄里是骂人的话，说人遇事坎坷难缠。父亲找了机帆船来，带着母亲和自己二妹一起往城里去。要不是这次难产的经历，他们还难得进城。

平原上的灯节要好几天时间，十三上灯，十五十六正红灯，十七落灯。城里灯节非常热闹，可医院病房的情形却令人焦躁。高田上的二舅妈也闻讯赶来。她见一家人愁眉不展，依旧衔着烟说："船到桥头自然直，天下哪有不会生孩子的女人呢？"父亲的二妹平素也能说会道，人们都叫她"小辣椒"。她遇见二舅妈就一个劲儿地叫她"舅奶奶"，论说话自叹弗如。城里的医生说要"开大刀"，彼时剖腹产还是大手术。父亲阴着脸不说话，舅妈把他拽出来抽烟商量。再回病房时，却不见了母亲的踪影。二舅妈知道大事不妙，她知道母亲心里的病。一家人找了半天，最终在医院的一棵大松树后面寻见瑟瑟发抖的母亲。她一个劲儿地说："我害怕，我害怕。"父亲以为她是害怕剖腹产手术。只有二舅妈知道，这是母亲由来已久的心病。

那年元宵节下午两点，我来到了这个世界上。手术室外好些人在等着，一些陌生的人也纷纷来道喜。平原上有一种说法，一个产房第一个出来是男孩，后面就都是男孩，这叫作"一条船上来的"。那时人们重视男丁，这从说话的口气中便可以听出来。如是个男孩，就兴奋地说"真正是个大小伙儿"；若是个女孩，就说"到底是个细丫头"。在母亲之后出产房的城里产妇生了个女儿，他们一家人脸上布满阴云。二舅妈和姑妈也管不了别人的情绪，只顾着忙碌起来。父亲恨不得马上就回南角墩宣布这个消息。这一天城里上灯，满大街都是张灯结彩，到处都是人山人海。二舅妈到城里姨娘家取饭，沿街看得入了神，与同去的姑母走散了，还被如潮的人群挤掉了鞋子。她好不容易拾了只别人丢的鞋回到医院。大家都等着她做一个决定。事关母亲，娘家人的意见是重要的。邻床的人家看中了我这个刚出生的男孩。这人家几代单传养了个女儿，大概也是看出了我们家的艰难，他们提出了一个古怪的想法：女孩子由我父亲带回去，以后长大了户口和上学的问题他们解决；男孩子他们带回去养大，以后两家可以当干亲来往。二舅妈抽着烟斜着眼睛说："这倒也是个好办法。"

父亲后来说，他当时也是动心的。那人家还愿意给他一笔不菲的"补贴"。只是那位街上姨娘——她是外婆大侄女，嫁到城里在收鸭毛的厂里工作，亲戚们叫她都加个"街上"——坚决不同意，理由非常简单：孩子有个"茶壶嘴儿"。

父亲带着我们回了南角墩，给冷清的正月底带来一点热闹。村里的节日大多是难关，过了初五人们就忙着下地。往年到了正月十五，连过年吃的瓜子都没有了，哪里还会有什么热闹？但我的出生还是给村庄带来了一点喜色。人们纷纷来看，又总是丢给父亲这么一句话："这真是'坏稻剥好米'呢，啧啧啧。"父亲这粒"坏稻"也不计较，一直站在旁边笑着。村里有风俗，灯节出生的孩子邻里要来送灯。大家图个热闹，送来节灯，以后这几位就是孩子一生的干老子。大家坐下来喝"粮食白"，奶奶忙好几个菜，又去染红鸡蛋。养了男孩的人家要给亲戚庄邻送鸡蛋，用集市上买回来的洋红染得喜气洋洋。还要煮上一锅糯米饭，抱着孩子挨家挨户分送。各户人家受了红蛋和糯米饭，又要回以生鸡蛋和糯米，富庶的人家还塞给见面的礼钱。也有跑回屋子里用手拈了白糖沾在孩子嘴上的，这样以后孩子见人嘴就甜。沾了糖之后，又会开玩笑说："这孩子不讲道理，见了面不知道喊人。"这一遭走下来，父亲挑着的担子就空了，但他心里一定是满满的。比他结婚早的道士大来子的婆娘也生了，养了个姑娘，走到其门前时道士满脸阴沉。

奶奶坐在门口抽着烟念叨："日头哎，总要打我家门前过的。"

母亲产后才几个月就迷糊起来，半夜丢下我回了高田上。父亲去接过几次，她又不断地走回去——她并不去其他地方，只去自己的阮湾村。父亲最终绝望了，就在家里炖了米粉喂我。实在无奈了，又把我抱到大来子女人那儿吃奶。大来子的婆娘叫大兰英。她生了孩子后奶水很足。父亲说我一个劲儿吃，吃饱了就睡。大来子倒也不介意，只是和邻居说："喝了我婆娘的奶，日后就要做我的女婿。"后来很长一段时间，村里人每每见到大来子做法事回来，就对我说："你的老丈人回来了。"大来子的女人有些木讷，邋遢又嘴馋。她做饭的时候锅洗不干净，汤水里都是"锅蚂蚁"。锅蚂蚁是铁锅上黑色的油迹。她用的抹布也油乎乎的。大来子在外做法事偶有受赠，比如带了红塑包装的大火腿肠回来。她的女人巴望着要吃。他扯谎说这红色的东西是蜡烛。他们的女儿有些痴呆，总是站在村口傻傻地笑，鼻涕一直拖到嘴边。我只要看见她，就远远地绕路走开。后来不知道她嫁到哪里去了。我不愿意人们提起我喝过大兰英奶水的事情。

在生产队用牛的父亲，带着我坐在牛背上。他跟在后面，怨愤起来就抽打无辜的牛屁股。奶奶说母亲也回家过一次，把我从牛背上抱回来。走过门前小木桥的时候，她一晃荡，失手将我掉进了河里。闻讯赶来的奶奶用舀粪的"撂碗子"将我捞了上来，又跺着脚骂母亲："任教绝后，不要桀纣。"母亲后来又回到了高田上。日后奶奶每次用"撂碗子"舀粪水，见我掩着鼻子走开时，就会说："它救过你的小命。"

后来我会到处跑了，父亲就拆了那座小桥。那座桥是木头搭的，瘦弱而枯朽，就像奶奶皮包骨头的身形，在风中摇摇晃晃。桥拆了之后不久，母亲在一个黄昏里回来了。

那天我在门口顽皮，奶奶拿着棍子追我。她总是扬言要打断我的孤拐。她用那种细软柳条赶我，抽在身上生疼。我就爬到树上喊："老奶奶，炒咸菜。不得油，掼锅盖……"喊着喊着，她就无奈地笑起来说："你这'活气祖'，和你老子一个模子刻下来的。"我像一只螳螂巴在树上，看见一个女人远远地走来。我不认识，她却径直向我走来。奶奶见到她，扔了棍子，一言不发转身回了自己的屋子。

那天晚上霞光艳红，半边天像失火烧起来一样。

这次回家之后她很多年没有出走。我到了上学的年龄，自发地跟着大孩子往学校奔。我不知道上学是不允许赤脚的，一上午坐在幼儿班里不知所措。后来在父亲一声粗暴的叫喊后，我被拎出来带了回去。父亲坐着喝酒，我不敢像过去一样哭闹。我一哭母亲就哭。母亲一哭，父亲的脸色就变了。她会因为悲伤和恐惧而旧病复发。她甚至会为一头猪而伤心。每年冬至前家里杀猪的时候，母亲坐在锅膛前烧着杀猪汤，在大家忙碌的时候就一个人哭起来。她舍不得自己养的猪，那是她一把一把从构树上薅下叶子养大的。她一哭，父亲就慌了神。她还会说："我的孩子也是属猪的。"父亲一听，就知道她的"坏病"又犯了。她发病的时候，白天很安静，夜里就不断地哭着说害怕，哭到没有声音，就摸黑走回高田上娘家去。

这病也折磨着暴躁的父亲，他好像只对母亲束手无策。他连农活儿也不让母亲干。收获的季节他磨了两把刀，却是自己一个人去地里收割。有次母亲坚持要和他一起下地，清早就起来烧好米粥等着。她自己只喝稀薄的米汤，说米油有营养，把厚实的米食留给父亲。父亲前一天磨两把刀本是要替换着用的。稻麦对于刀锋也有剥蚀，就像父亲有力的臂膀也会疲惫。父亲拗不过母亲的执着，带着她拎着农具和粥汤去地里抢收。忙到阳光刺眼的时候，母亲眩晕之中割破了小腿。

父亲驮着母亲急急地奔走在去合作医疗服务站的路上，就像是扛着沉甸甸的稻捆抢天时。他赤着的脚把坑洼的路面震动得惶恐不安。医生给母亲缝好了伤口，父亲又背着她回到庄台。他们的脸上都满是忧虑。母亲自责地躺在门口的竹椅上，心慌地张望着忙碌的人们。父亲有些无奈地嘲笑她是"有福之人害腿，无福之人害嘴"。他杀了鸡为母亲煨汤。那种耐心比乳白的汤更深情，好像他从来就没有暴躁的脾气。

父亲经常要半夜去寻找出走的母亲。母亲糊涂起来，就只记得那句虚幻而令人恐惧的"台词"。他总是盯着她的脸看，久了能在细微处看出病情到来的征兆。他被逼得无奈，只能大口地喝酒，实在急了就摔那该死的空碗。有时候碗似乎也是和他犯犟的，摔到泥地上竟然不碎。母亲会默默地捡起来，抹掉碗沿悲情的泥灰。她虽然因为父亲酒醉而遭受过皮肉之苦，但对他喝酒的事情很重视，总会摸索出一两个菜来让他应付薄酒。她会做一种味道很好的鱼，就是把小鱼收拾起来"做汤煮"。父亲说一条小鱼便能喝半碗酒。这是他对母亲满意的地方，他说自己做不出这种滋味来。也许他并不是没有吃过更美味的鱼，但对于母亲手里锅铲的滋味有一种自豪。他觉得自己的妻子并非一无是处，他还经常笑那些"好手好脚"的女人懒惰。他在村里一日三餐都是最早的。这在村里是有些"名气"的，也许只有趁早把那捉襟见肘的饭吃了，才能免于让人看破了寒酸，但这成为父亲的骄傲——一个人炫耀这点无足轻重的事情，是有悲情意味的。

母亲在南角墩生活了二十七年，父亲大多数时候是纠缠于她不尽的病痛。悲苦难堪的日子，好像偏要捉弄穷困得跳脚的人们。生活的怨气就像是疖子，总是在困难的地方化脓。有一年好不容易熬过了除夕，他以为年关总算过去了，哪知道母亲被身上红肿的疖子折磨得彻夜哀嚎。大年初一清早，他硬着头皮背母亲往赤脚医生家里去。村庄里有规矩，大年初一是忌讳吃药的。父亲驮着母亲，又拉着我带了一袋蜜枣，去女先生家门前站着。这让女先生非常为难。父亲很有些眼色，命我叫那女先生干娘，这样女先生才给母亲动了手术。我后来一直叫这位女先生干娘，她见证过父亲和我最窘迫的日子。

离开南角墩出去读书，对我来说成为一种解脱。我知道父亲的困难，但无能为力而装聋作哑。他也从不和我诉苦，只咬着牙让我不要过问村庄的一切。他总是说："她就是走了，日子也要过的，何况还有一口气呢？"母亲病情最艰难的时刻，他因怕耽误我的学业，没透露半点音信。等会考结束之后，他才让同村人捎信来，告诉我母亲病重的消息。

那是我遇见过最寒冷的冬天。我赶到家的时候，父亲依然坐在上席喝酒。这个位置除了重要的亲戚来，平素只有他一个人霸着。没有人愿意坐这样的上席，他一个人灌苦酒支撑着。见我进门，他一点表情也没有，只又猛地喝了一口酒，好像只有这种液体懂得他的艰难。母亲僵卧在凄凉的灯光里。父亲把床上的帐子揭了。我明白这不是一个好兆头。屋顶朽坏不堪，母亲原来四季都挂着帐子的，这样屋顶破落的泥土就不至于掉在床上。父亲揭了帐子，是估计母亲大限不远。平原上的人迷信帐子会网罗住人往生的魂灵，所以离世之前要解下这些围困的形式。这大概也是苦难带给人们的恐惧。

父亲是在等待着母亲的大限。母亲清醒的时候会暴躁地哭闹，翻滚落地，他就用一块木板挡着床边。他在床下打了地铺守着母亲。他眼睛里满是绝望，和母亲眼睛里一辈子没有断绝过的恐惧一样令人生畏。父亲在供我上学和救她性命之间做了残忍的抉择，又用酒麻木困顿无奈的自己。我第一次清楚地感受到，一个人的无助和绝望，究竟可以深切到什么程度。

他问我："日子怎么过下去？"我站在他面前无言以对。

孤独无助的父亲摔了酒杯。这个家除了酒味，似乎没有一点其他的人间气息，甚至连母亲的呼吸都是荒诞的。母亲好像随时要离开我们。我开始感到一种巨大的恐惧。很多年，我并没有意识到自己如此在乎她的存在，也没有想到自己如此害怕她的离开。我决定辍学守着她，哪怕今后的日子一无是处。那些日子，我就坐在三荡河边巨大的空虚里等待着，不知道是盼望奇迹还是死等她的离去。心善的同学得知了我的窘境，托人带给我一笔温暖的募捐。我拿着这些钱外出给她求医问药，但其实一直都没有明白她到底得的什么病。

我第一次独自坐车去了扬州城，听说那边有最好的医生。没有什么见识的我，像母亲一样笨拙和自卑。我在城里摸索了半天，才坐上去医院的公交车，坐到了地头才知道弄反了方向。那一刻，我觉得全世界都在和我这个穷人犯难，包括生命垂危的母亲。折腾了半天摸到医院，在别人疑惑的眼神里，我哀求着买到了据说有效的药物，又带着满肚子的委屈和挫败感回到了村庄。可是药物并没有改变生活的窘境，她依旧在混沌中折磨着自己和父亲。我又哀求姑父开着拖拉机，拥着她坐在车斗里干枯的稻草上，去高田上的医院求助于一位当医生的亲戚。

那年冬天，我是一天一天数着日子过来的。

在冰冷的病房里，我彻夜站立守着一点一滴落在输液器里的药水。从那时候起，父亲开始给我递烟，不再把我当个孩子。医生要我们按手印，父亲害怕自己的决定让我失去母亲而不敢动弹。我那时坚信辛勤一生的母亲不会忍心离我们而去。我到奇冷而陌生的街头去买来瓦罐熬药。这个集镇靠近母亲娘家的阮湾村。许多年前也是在这里，她来卖棉花时被一句玩笑话折磨了大半生。

母亲到底舍不得我们，在春暖花开的时候苏醒过来。父亲知道她身体里的病痛仍旧会随时爆发。他咬咬牙对我说："你走吧，念你的书去。"我在外读书的时候，曾经收到过一封从村庄寄来的匿名信。其实我不用猜也知道是谁写的。村庄里没有几个会写字的热心人。这封信像是一种控诉，告诉我父亲如何一次次烂醉如泥而置母亲于不顾。这些歪歪扭扭的字，并非全是虚言。但我明白，父亲真是无计可施。我也因为母亲的苦难而有过"久病床前无孝子"的情绪。百善孝为先，这话实在只是谈良心。论行迹，寒门难有孝子。虽说天无绝人之路，但窘迫起来，一分钱或一句话真能逼死活人。

我把那封信丢掉了，对父亲也绝口不提。这并非冷漠。我其实也是一样无计可施的。

父亲说母亲是"老病鬼子常八十"。一生多灾多难的母亲活过了六十岁，而她的两位哥哥很早就离世了。糊涂的她伤心地做过一件让人无法理解的事情：她哭闹着摔了二舅的骨灰盒。二舅生前最疼爱这个妹妹。他生命最困难的阶段，还选择了在南角墩养病度过。母亲心里也许有一种怨恨：当年是他一句有口无心的话，让她一生身处迷惑与艰难。不知道荒唐的那一刻，她却可能是清醒的？不过她过了六十岁以后，却真清醒了一些。她总说自己活得够了本——花甲子正了。村里的人们对时光似乎并不十分贪心。过了六十岁之后就会对人说："我活活就可以死了，花甲子正了。"六十岁之后的日子仿佛是额外赚得的。人殁了之后，子孙要请阴阳先生来掐日子，把写着"七七"悼念之期的黄纸贴在墙上。少丧是要斜贴的。六十岁过后，这张"七单"就可以贴端正，表示一个人活踏实了。

第二年，父亲六十岁。母亲在清寒的春节后离开了我们。那天清晨父亲打电话来，我立刻有了某种不祥的预感。父亲平素很少和我们联系。我已经默认，对于村庄而言，没有消息就是好消息。

我们赶到家时，父亲坐在搁于门板上的母亲身前。他揪一团指甲盖大小的棉花放在母亲的鼻息处。人们忙着各样后事所需，只有父亲一个人坐望着母亲，好像是在等待着她最终的离开。他脸上满是疲惫，混浊的目光里全是无奈。母亲突然摇着手碰了碰他，眼睛里满是泪水。血色瞬间在她脸上消失，那轻浮的棉团也失去了动静。

父亲深深地叹了一口气说："息风了。"

父亲按隆重的仪规为母亲操办了后事。依村庄的旧风俗，这些事情不该由亲人操持，但他没有任何忌讳。他清楚只有自己了解母亲的一切。出殡前一天守灵的晚上，我和他坐在稻草铺就的地上抽烟。稻草扎人，就像他和母亲一生令人惴惴不安。守灵的地铺是不垫席子的。我安慰了他很多话，最终说这是他的解脱。我以为这是作为儿子对他的深切理解。他却突然号啕大哭说："你不知道，这二十七年里，她在家的每一天，屋子是不用上锁的。"

母亲走了，父亲的一把锁丢了。那一年开春，天气异常寒冷，门前那棵母亲种的橘子树陡然枯死了。这树是母亲在世时用一碗饭与一个外地人换来的。那个人的鼻子红红的，吃完饭就像棵漂泊的树一般远去了。这棵橘子树每年都挂出酸涩的果子。母亲去世的时候，它终于也疲惫地离开了。父亲咬着牙把那棵树连根掏了，好像是要把顽固的穷根挖掉。又过了几年，我担心他一个人过日子艰难，提出过让他寻个后老伴儿的想法。他平淡地回道："我只要还能喝一口酒，就不会轻易死的。"他有自己的盘算：他不想往后给我们留下麻烦。倘是某一个人早于他走了，他还要再伤心一次；若是走在他后面，他怕我们又多一次"手尾"，这是不值得的。

我知道他是忘不掉母亲的，尽管她给他带来的大多是苦难。他每天都会给母亲的牌位上饭，还总是念叨她喜欢吃烂饭。他把母亲的坟冢安排在草荡圩的一处角落。爷爷辈迁居南角墩之初就先住那里，后来上了庄台，留下老宅基成了家族的坟地。他说："这样你母亲就不会找不到路了，她这个人总是迷糊。"清明、中元以及冬至几个节刻来临之前，他早早就问我什么时候回村，说给母亲烧的毛昌纸早就买好了。他一早就会去等着我们，先把坟头的草薅干净。他说一个人家的祖坟上是不能长青草的。他又说这些都是为了他自己，这些事情是做给我们看的，希望我们以后不要忘记他。我觉得他不全是这个意思，他还是惦记着母亲。

　　墓碑也刻上了父亲的名字，依例等他百年之后，由我们描上确认的黑色。父亲也并不害怕看见墓碑上自己的名字，这是他唯一认识的三个字。他心里是有底的：以后他会从这里去和苦难的妻子相聚。

四 守圩

我清楚地记得，有一年中秋节，父亲在收完场上的稻子之后，扛着农具朝西天通红的夕阳喊了一句："感谢共产党。"我不明白不识字的他，如何能说出这样生动的话来。他恐怕并不完全懂得"联产承包责任制"的意义，但"单干"之后，村庄确实像大喇叭里说的那样：人民群众的生产积极性极大提高了。这句话是南角墩这样的村庄对时代变化最朴素而深刻的注解。农人是在艰辛中熬过来的，日后他们依旧用自己的勤劳与土地周旋。父亲早年在人们传说的"地主家"过了几年安生日子，并被认为是没有吃过什么苦的——但我知道，关于土地的一切都寓含着辛劳，村庄里没有一位父亲可以成为例外。

当然，勤劳也才是村庄和农民应有的样子。

那年中秋的夕阳是血红色的。月亮也早早地出现在天空，只是略显黯淡了一些。通红的晚霞映衬着大地上火热的忙碌。稻子一堆堆兀自立在场头，像出了力气而不言语的农人。这场与天气赛跑一样的收获，终于有了可靠的"堆头"——人们判断收获的丰歉，依据的是谷子"堆头"大小。那些像坟冢一样的谷子饱含着一季的汗水，很多时候又会成为悲情的泪水。秋收对于农民来说太重要了。村里人是很少吃麦子的，六月的麦子只卖到粮站去，留下少许做来年的种子以及兑换年蒸。在吃米饭的村庄里，稻谷好像才是正经的庄稼。"人""口""手"三个字，在庄稼地里周旋着。口粮是村庄的命脉。在一个家庭里，除去米缸的等待，卖稻的收入还有母亲的药钱和我的学费要来瓜分。

名叫小牛的父亲，似头老牛在秋收场上辛勤奔波。

稻子在田里慢条斯理地点着头，一天天变幻出金黄的色泽，让夹杂其间的荒草显得很肤浅。地里的泥土早就开始干裂，等着头顶的阳光最后再努力一下，晒干土地上多余的情绪。父亲早就下地打探过情况，他掐了稻子在嘴里咂咂味道，就能了解当年稻谷的成色。

他把谷壳吐在地上，自言自语道："收收了。"村里把收获叫"收收"。

转身他就去打谷子的场上。村里每家每户都用抓阄的方法分得一块旱地作打谷场，夏收之后就点上豆子。土地和人一样是半刻得不到休息的。黄豆长得很欢快，它们有一种自带节奏的能量。这和农民很像，身体里的力气用不完一样，只要扎进泥土就浑身是劲头。父亲到了场头，又摘了青黄相间的豆角尝尝，接着弯下腰去开始拔豆秆。豆角的生长纠结在黏腻的泥土里，父亲勒紧豆秆的手被磨出血泡。这些豆秆被堆在一边——现在还没有时间打理它们。即便豆荚被太阳晒得炸裂，也要先紧着谷子的收获。

清除掉豆秆的场上满眼凌乱，破碎的泥土一片潦草。这就像是老师勒令学生用橡皮擦抹去错误的答案，纸上留下艰深难懂的印迹。父亲搓着生疼的手，一刻不得休息。他要用那根扬言用来打人的扁担一担担挑满河水，喂饱干渴的土地。扁担被压弯了身形，父亲结实的腰背也一样委曲求全。他以极大的忍耐伺候着较真的泥土。做场就像绣花的功夫，用尽了父亲的耐心。耘得细致无比的泥土，要撒上早就积攒着的草木灰，工序像极了母亲早晨起来摊一锅煎饼。

石磙平素是蹲在一边不说话的，它的身上满是蛮横的傲气。带着沟槽的火山石石磙，要靠畜力或者机器才能动弹。水泥浇筑的石磙轻些，是农人自己做的。他们在泥土里挖出圆柱形的坑塘，用从大队部讨来的报纸衬着，倒进水泥砂浆，浇筑出这种沉重的农具。那些石磙上粘着满是文字的报纸，这些字迹对于农民来说才更是沉重——石头再笨重也难不倒他们的臂膀。父亲光着脚，肩背着绳索，拖着石磙一遍一遍地将地面压实压平。

平整细腻的场地，像等待粉墨登场的舞台，等待着盼望已久的稻谷。时而云头上来一阵雨，半天的劳作就幻化为父亲脸上的怒气。但他并不能搬砖头砸天，只能抽着烟躲在一边的树下，有些自嘲地说："老天老天你不要坏，淋潮了还是你自己晒。"满是泥灰的衣服淋了点小雨，紧紧地贴在父亲消瘦的身体上，沾满了无尽的酸辛。场地晒干之后，裂开一些细小的缝隙。母亲用碎酥土逐一填上，生怕土地贪没一粒谷子。蚯蚓像无事生非的闲人，在暗地里躁动不安，顶出许多细碎的泥土来——人们说这是"寒蛇屎"。又有那种促狭的人，穿着底上带疙瘩的鞋子来，假装好心地在泥上踩踩，又假意说是看看场做得实在不实在，留下泥土上一个个闹心的泥窝。那鞋子是孩子上体育课要穿的，穿坏了之后老人们再缝缝补补，穿着下地干活儿，总比赤脚舒服。这些泥窝里多少也会埋藏几颗粮食。父亲要浪费一两根劣质的香烟打个招呼，让促狭的人早些"请身"。"请身"是一个婉转的说法，其实就是下逐客令。父亲做完场，也要请稻谷们动身了。入秋之后他重新买了两把锋利的镰刀，这种刀是三荡口边上一个村庄里匠人打的。那里也是周姓聚居的地方。父亲信任这种本族人手工打的刀，那是周边村庄中叫得响的名牌。父亲因为熟识铁匠，在家门口赊账"拿"了两把。刀锋抹过油，明晃晃的。父亲总是在收割前一夜磨刀。他用板凳抵着门前的水杉树，将刀砖抵在凳子上，双手捧些水洒上去，弯下腰卖力地磨起来。刀砖一早就在水里泡着的，吸足了水分，满是抵抗的气力。

镰刀像是弯月，它的锋口射出寒光。

收割在清晨的田野里展开。锋利的刀口让一季的生长躺平在土地上。刀口锐利的动静和农人辛勤的喘息协奏着，抢天时是看上天的脸色。父亲脸上豆大的汗珠滚落下来，他搭在脖子上的毛巾也滴着汗水。本来戴着的草帽被扔在了身后。他没有时间顾及炎热。这时候镰刀上的光，又成了热烈的日光，更成了父亲焦灼的目光。他收割的速度很快，因为心急，更是邻居田地里夫妻俩同作的进度逼迫着他格外卖力。他一个人干两个人的活儿，还不想让人看出他的艰难。母亲原来也是下地的，但往年帮不了忙还添乱，父亲就不再让她来节外生枝。母亲看着日头上来了，就把凉透的粥送到田头。那粥用湿毛巾盖着，生怕露出寒酸。父亲埋头呼啦啦喝了一大口，才想起篮子里的臭咸菜。臭咸菜炒蛋花很香，有稻田里草木的清芬。

吃完这顿"幺台子"，父亲便打嗝休息片刻。他去河边搓洗过浸透汗水的毛巾，转身又拿着镰刀往前赶去。母亲拎着空空的篮子和碗往回去。半路上她还会薅一篮子构树叶。她养的猪像孩子待哺一样，等着这些有苦恶名字的树叶。

待再次见到月光起来，一田的稻子已成捆卧在地里，像是一个个有力的拳头砸在泥土上。晚饭的时候，父亲吃了用醋拌的猪头肉。那些肥白的冷肉用醋拌过后极香，就着劲头猛的"粮食白"，能让父亲生出无穷的气力。奶奶平素总是埋怨父亲吃相"穷吼"。他干活儿也是穷吼的，想趁着晚凉就把这些稻子都挑上场去。那根桑树扁担也很倔强，压在他的肩膀上，和主人一起在月色下卖力地奔走。他喊的号子粗重而短促："哎哟来嚓，好姐家！喂喂来哉，好姐家！"

月色里干活儿多好，人们看不见他的艰难。

明早，当人们看着他的场头堆满稻子，像是小山一样壮观，他会得意地说："这点'生活'，一斤酒的力气罢了。"村里人把劳动叫作"生活"，"做生活"就是无尽的劳动。他端着一盆粥看着那些默默的稻子，好像是它们自己长脚走过来的一样轻省。他又有些得意地说："做'生活'不如人，吃起来一头盆。"他真能吃一盆粥，但依旧身形消瘦。人们没有看过他辛勤的样子，总是认定他吃不了什么苦。

稻子上了秋收的舞台之后，就敲起锣鼓节奏一样打场。没有机械的年头，打场异常辛苦。土地上没有一件事情是轻省的。稻子平铺在场上，形成一个巨大的环形，牛拖着巨大的石磙一遍一遍地碾压。机器进入村庄之后，各家打谷子就要排队，由拈阄来决定次序。排在后面的人家，脸上就起了阴云——堆在场上仍青潮的稻子容易发热变质。父亲就像赤脚医生测量病人的体温一样，把手插进稻堆里试探情况。即便抓到最后的次序，他也片刻不得闲。他要和村邻们"换工"，这样自家打场的时候就有了帮手。

机器在打谷场上连夜轰鸣，时而发出沉闷的异响，它也有疲惫或埋怨的时候。孩子们在打谷场边等着，帮不了什么大忙。收获的季节，学校都有"忙假"，因为学校的先生们家中也自有农田，他们也要赤脚下地。

那次要等下半夜脱粒，我瘫在松软的稻草上等待中睡着了。新下的稻草有浓郁的香气。疲惫的身体如被草木清芬催眠一样，忘记了头顶明亮的月光。父亲从邻居家场上忙完，转到自家场头开工。农人们好像有用不完的力气。他们扒一口夜餐继续劳作。可劳动的热烈和食物的香气根本挡不住孩子的困倦。父亲好像也并不指望我能做点实事，任我在场头的忙碌中昏昏睡去。睡梦中满耳里是轰鸣声，还有人们不停走动的忙乱。直到月色掉进云层里，那些声音才渐渐消失。我突然听见父亲暴躁的叫喊——到天亮的时候他才有工夫想起我。我从松散的草堆里钻出来，头上顶着穰草的样子让人们忍俊不禁。父亲疲惫地苦笑着说："吃个大猪，不抵一呼啊。"

早晨一丝清凉过后，我身上开始奇痒。灰尘和稻壳粘在疲惫的皮肤上使人浑身不安。父亲顾不了这些，他用推耙将堆积着的稻谷平铺在阳光下，就像看着我领回了一张巨大的奖状并铺开给众人炫耀一般满意。他坐在石碌旁抽烟，和一块疲惫的石头一起猴在角落里。不一会儿烟蒂掉落，场边响起如雷鼾声。时而落下一群麻雀，他会突然醒来吆喝一声，又抹抹脸，背着手，绕着稻子走上一圈又一圈。

向晚，父亲将稻谷掬起来堆在场中间。他拈几粒新稻在嘴里嚼着，随手撒下一把从口袋里掏出的芝麻，又覆上松散的稻草，便扛着农具往夕阳中归去了。他说那一句感恩的话时，心里一定全是满意。他经历过大集体的生活，知道过去的各样艰辛，只是说不出更多的道理。这就如同他觉得日子坚持不住了，就大块地吃肥腻的白肉，喝烈性的白酒，使劲地把烟抽到最后一口。这些简单的方法能缓解他的辛劳，但他也不明白这究竟是什么道理。他没有说过太多埋怨的话，最多只会神情黯淡地讲："本就是泥腿子的命，不吃苦叫什么庄稼人呢？"

待到稻子颗粒归仓，父亲又生出许多的失落。他在心里盘算了许久的收成，应对日子依旧捉襟见肘。即便把收得的黄豆都算上，手头还是不宽裕。天气也冷漠起来。他扛着铁锹去播种后的麦地里挖墒。我有时候觉得他沉湎于繁重的劳作，像是寻求解脱，或者是为逃离不堪的现实。他总是天黑透了才回家，好像这样就看不见生活里从来没有断根的艰难。挖墒的日子里，他总是剧烈地咳嗽。挖墒是一种看似缓慢安闲实则辛苦至极的劳动。平原上的泥土是顽固的，它们暗含着力道的水分，就像倔强的贫穷一样布满隐痛。"挑担子挖墒"是标示生活繁重的俗语。有人挖墒累到咳出血来，也都不足为奇，抹抹嘴就栽到夜色里睡去了。农人常常连抱怨和恐惧的力气都耗尽了。

秋后闲时偶然回暖，不久就传来上工的消息。

我并不知道他究竟要出去干什么。从他出发前一天晚上对母亲几句庄重的交代，可以猜测出事情的艰难。对于他说的远行我不能想象，但心里却莫名快活起来。我畏惧屋子里充斥着他暴躁的叫骂，就像他身上从未散去过的烟酒味道一样令人生厌。他只对我说要好好念书——其他也说不出什么，最多瞪眼睛拍桌子表示强调。我听当队长的二叔和他说，这次挑的是"大型工"，远在要渡过运河去的湖西。湖是运河边的大水，也叫西湖，很长一段时间我以为这湖就是故事里讲的西湖。第二天早上天未亮，他们就带着扁担离家出发。每个人都骑着自行车，一早窗外尽是车胎颠簸的声音，从中能想象出他们的风尘仆仆。那天父亲走了之后，我本是想起床读书的，却大意睡着了。奔到学校后被罚站在门口很久，竟然没有半点不安。我畏惧不识字的父亲，不仅是害怕皮肉之苦。

母亲每晚在灯下陪我写字。她努力地做着笨拙的针线活儿。父亲那条蓝卡其布的裤子打了很多补丁。这条裤子本是城里亲戚穿旧了给的。她说挑工是不需穿什么好衣服的。我就一直琢磨：挑工究竟是怎样的劳动？过几日不见父亲回来，母亲似乎又不安起来。她让我去家里的大柜前敬香。平原上的村庄里，每户都会有"家堂"。一般人家挂红纸写的"天地国亲师",讲究的人家买印刷的三星高照挂画,下面都设着香炉烛台。堂屋里身的屋梁上还挂一种"画落",是匠人刻出的一套"福禄寿喜财"图案。这些都是过年前布置,来年朽坏了就更换,也有用报纸托在破损处后面挂许多年的。母亲让我敬香前先洗脸。她默默地望着那缭绕的烟火,并不说一句话。我不知道哪里来的邪念,用烛火碰了下头顶火红的画落。悬在半空的纸张上,火苗一下子蹿起来,直奔屋脊而去。母亲大惊,慌忙间捡起扫帚往屋顶砸去。

几经周折火被扑灭了,留下屋梁上残余的烧痕。

不知道为什么,本来惶恐失色的娘儿俩,看了看那烧得正旺的香火,突然大笑起来,一直笑得掉下眼泪。我又看那香火的时候,似乎看见了父亲的眼睛,赶紧转头钻进房去。母亲抚着我的后背拍了拍,闹剧般的一个夜晚结束了。

第二天母亲仍有些不安,去问了邻居是什么征兆,无解。

没有想到父亲这天晚上回来了。我从学校回家,见到坐在上席喝酒的他。见我进门他就阴下脸来,又转头看看身后的神位。我还心存侥幸:他或许不知道那是一把人为的火。他把手掌重重拍在了桌上。母亲把单放在饭锅头的菜端了出来——

她总是会给我留点热菜。她故作不在意地说："又没有烧起来，算了，也许是兴旺的意思呢。"他低下头去喝了一口酒，又突然站了起来。我吓得往后连退了几步。

他从布包里掏出了一把塑料的算盘。这是我很久之前就想要的。他又从包里拿出一把有些发黑的香蕉，放在大柜上后又坐了回来。一时间我脑子里全是香蕉的气味。那年月，香蕉是难得一见的水果，以前还没有进过家门。我只在一种据说是香蕉味的苹果上闻过这种味道。北方人来村里卖这种苹果，一例都用塑料网袋装好。看着那把瘦弱的香蕉，我本来的畏惧变得心猿意马。可父亲又偏偏端着酒杯，慢慢地说起他挑工的事来：这次湖滩上的行洪水道工程，都是靠肩膀去挑的。他们放下担子时让挖土人多打一锹，这样一天的工作就能早些结束——空担子也是要走一趟的。沉重的担子压在肩膀上，爬坡十分艰难，人们几乎匍匐着攀爬泥泞的土坡。晚上的伙食根本抵不住消耗，半夜饿得难受了，就只能啃馒头喝凉水。有一回他们发现伙房里有一根香肠，偷偷地摸来藏着，又不知道香肠如何吃。夜里他和几个工友偷偷摸出一瓶酒来，切开那干硬的"宝贝"就着酒吞了下去。日后他们才知道香肠是要蒸熟了吃的。

说到最后，他像总结一样说："你看——人是要识字的，不然连香肠都不知道怎么吃，甚至连我们像牯牛一样做苦力的机会都不得。"他说着又把自己破烂的领口拉了一下，露出了通红的肩膀。母亲叹着气收拾碗筷。他又把那香蕉拿下来放在桌上。此时，这点珍贵的水果已经完全没有了香味。

我后来很多次想象他弓着腰挑担子的艰难情形。工程结束之后他回到村庄，再也没有谈过这些辛苦的事情，也许他已经习惯了苦难。他带回来一个印着"奖"字的搪瓷把杯，上面印着"淮河入江水道新民滩工程纪念"的字样。我想他是不会愿意记得那些日子的。那条陌生的河里，曾有四万多名父亲用肩膀挑起岁月的泥泞——他们一定也都不愿被记得。

大概因为父亲挑工能吃苦，大队支书对他态度好转了些。有一天主动上门来，请他去三荡河边做护林员。三荡河两岸本是无边野生的草木，后来种上了叫"二一四杨"的经济林。这种杨树疯长，很快就茂密成林，欺负得原来的草木畏畏缩缩。人们从来没有见过这么多成材的树木。村庄里的杂树多长得随心所欲，是鞋底上绣牡丹——中看不中用的。现在三荡河西来东去几公里，两岸树木长成了，满眼摇钱树一样珍贵。村里人又合计，再长几年能多些收入，可要防着人偷伐。树木站在荒野里，人们没有闲暇去过问，就像无人看管的孩子。那些遥远而冷漠的角落，连只兔子都不愿意去。这成了村支书的心病，正如俗语所说"穷人发财如受罪"。

　　三荡河离村庄并不远，但因为旷阔的水面阻隔，一般人不愿意深入其中。尤其北岸连着无垠的平原，又多有无名的坟冢，令人心生恐惧。支书来找父亲，首先说是想到了我们家的困难。父亲就皱起眉头来——他不愿意人们这么看待他。他连劳动时吃力的样子都不愿意让人看见。他像根直来直去的扁担，弯不了自己的腰身。后来说到每年会给他点钱，两岸的芦竹荒草又都算他的，还可以在河上扳罾捕鱼等等。支书以为这些条件非常诱人，然而父亲却反问他："这般天上有地下无的好事，你怎么不去？"父亲这话一说，支书脸上挂不住了，翻着眼睛说："真是鲜鱼烂虾煮一锅——不知好歹。"

　　父亲最终应下了这件差事。他过去在三荡河边支过棚子放蟹罾，熟悉形势。母亲又常到三荡河边捡柴草。他们本来就是离不开三荡河的，这条沉默的河流也一直默默支持着村庄。他把棚子搭在北岸，每天撑着一条小船过去守夜。他仔细清点了树木的数量，甚至连一些野生的老树也记在心里。他扛着一把鱼叉走出村庄。人们见到他的时候，他冷冷地说："谁要是敢去动那些树木，鱼叉可是不长眼睛的。"

他的两间屋子并不高，进门的时候要低下头去。一间养了些鸡鸭，一间是搁了旧门板支的床铺。上岸不远，就能闻到鸡鸭的味道。小屋进门两步就到床沿。夏天的时候他并不住在屋子里，而是把帐子架在外面，虽然野外的夏风也不见得多凉爽。每天傍晚吃过饭，他就提着马灯从村庄里出发，撑船到对岸去守夜。他并不每天都去巡视那些树木。那把鱼叉有些不怒而威的意味，足以震慑不知道究竟存在与否的恶劣心思。可以想见，过路人在对岸听见他带着酒味的鼾声，就已经不寒而栗了。

他的船平素就停在南岸边，从此母亲可以过河去寻找更多的柴草。我也愿意跟着她到对岸去"獐猫鹿兔"地观望。过去在南岸边上割些荒草，人们总是望见母亲艰难的样子。我不喜欢人们盯着她看的眼神，但一切又无以争辩。自从父亲"上了大圩"——母亲这样称呼父亲守林员的工作，我也可以自由地在两岸间晃荡。

三荡河的北岸是一个幽秘的狭长世界，有一种荒芜的美，几乎失真。我后来能以读书写字的活计为生，得益于这片荒野最初的美学教育。这是三荡河对我极大的恩惠。

宽阔的水面从大运河西来，东流而去，似乎没有穷尽，像一个意蕴深远的句子。河里是深沉的水草，被光阴梳理得异常温驯。它们就像行动缓慢的老人，轻易都不动弹。偶尔经过的机帆船搅动起波浪翻滚，拍打着岸边平静的泥土。那些坚实的泥土上有无数孔洞，就像是千奇百怪的表情。靠近了，方知道这些孔洞异常壮观，又好似深藏着无尽的秘密。是的，即便像南角墩这样的平凡村庄以及她依靠的平坦土地，也是生长着无数秘密的。那些光滑的泥土间，露出芦苇失落的根须，被河水洗濯得清亮无比。

三荡河两岸的芦苇，是一个巨大的族群。在村庄里有几种被称为芦苇的植物。一种是粗壮的芦竹，长得树木一般高；一种是纤细的芦柴，吐出那种诗情的穗子；还有暗红色的钢柴，是不多见的。它的穗子有青紫的色泽，像一位隐居者在某个角落站着。大片的粗细相间的芦苇在河岸边蔓延，把水面遮蔽起来。无数的鸟雀啾鸣其间，稍有些响声动静，它们就往天空逃脱而去。芦苇下的世界更加复杂而细致：荒草、落叶、虫豸……每一处都是完整的世界。

母亲去捡柴草了。我一个人在某个角落静坐，从不觉乏味。

太阳晒在荒草上，会有哔哔剥剥的声音。这样的响声一点杂质也没有，听了会让人不经意地睡着，好像自己也成了一棵慵懒的荒草。母亲捡好一捆柴草，就来看看我。她现在可以用船把这些草木运回去。她并不会像父亲那样熟练地撑船。父亲能站在船尾娴熟地掌握着船的方向，她只能站在船头往前撑，缓缓地回到内河去。这样，父亲晚上去三荡河的时候就要撑着船去。他在快要离开村庄的时候会喊起撑船的号子，就像是村里的更夫："喂喂喂喂喂，喂喂喂哟嗨，喂哟嗨，喂哟嗨。"

我很想知道父亲在三荡河所过的夜是什么样子。可是他并不愿意带我去那间逼仄的屋子。那里面全是劣质烟的味道，地上满是失落的烟头和疲惫的痰迹，一边还有鸡鸭琐碎的叫唤，以及想着都肮脏的气味。这个屋子成了他远离村庄的一个借口。我曾以为他的逃离是快活的，就像喝酒可以让他暂时忘掉艰辛。村里人神秘兮兮地传说一些事情，可又生怕我们不能知道——说那屋子会有我的一位"干娘"去过夜。这话我其时并非不能听懂，也明白人们并非出于善意。

人们又会问："为什么他不带你去三荡河边呢？"

后来，外婆带来一块上海牌手表。这件事情很是意外。她本是埋头走路的，半路发现了这块在草丛里卧着的手表。她疑惑地等了一阵子后，才拾起来继续赶路。外婆知道我们家里的难处，哪怕多一个鸡蛋，都是要带给我的。父亲戴上这块手表总是觉得不像样子。可有时见人又刻意地拉拉袖口——他生怕人们还不知道这件事情。那块表嘀嘀嗒嗒的声音像是流水的动静，如三荡河边那些洞口被水洗濯时发出的乐音。他去三荡河守夜的时候总是要戴着表的。他说夜里总是不知道时间。不知道他过去是怎么熬过来的。那晚我说想听这手表的声音，他就带着我一起去那荒芜的夜色里。

四野的风不知道从哪里吹来的，与草木一起制造出无数诡异的动静。两岸的草木似乎一直瑟瑟发抖。近岸的水流已经覆上薄薄的冰，船一晃动就有轻微开裂的声音。这是一个极其寒冷的冬夜，一切好像随时都会凝固。很远已听到对岸鸡鸭不安的叫声。父亲叹着气说："这天要冻死人了。"

我看见月光里他嘴中呼出的水汽，也是悲观的。

他上岸之后把鸡鸭放了。鸭子扑腾着跳下水去。鸡一哄而散飞上树梢。他搓着手告诉我："鸡冷上树，鸭冷下河。"我使劲地捂着自己有些麻木的耳朵，周边的声音好像都变成冷意，撞进耳朵里。月色真好，能看清草木的每一个细节。冷月掉进水里，又望着天上的自己，被冷风吹得碎了表情。父亲说要去看看他的那些树木。极目远望，两岸只有草树站在风里，梁上君子恐怕也不愿意踏足这冰凉的夜。他也不点灯，只背着手往前走。我看着他的影子落在地上，便踩着他的影子往前走。我也就成了他的影子。

月色下的三荡河，比白日里更加清晰。

芦苇在风中摇动，它的声响和鸟雀的梦呓混在一起，埋怨着暴寒的气象。我摸了摸脖子。风好像专门要往脖子里钻，薄薄的线衫已经无能为力。走在前面的父亲突然停下来。一棵倾倒的柳树，像醉态的老人卧在一侧。父亲指着那棵树讲道："这下面是一个地主的坟墓。地主去世时乡里已经推行火化了，后人却偷偷趁夜色将尸首土葬了。日后遭人揭发，公家派人来掘坟。泥土挖开之时，漆黑的棺材像新的一样。棺材被撬开之后，唯见一只装满水的碗。突然间那碗里跃出两条金色的泥鳅冲天飞去，在场的人大惊失色。人们又连忙盖上棺木覆了泥土。后来这个坟墓前的树长得异常茂盛，几乎要把圩子南北都遮盖起来。这坟墓还藏了大蛇，有车轴那么粗，常常在夏夜出来戏水，有河水南北两岸之间那么长。"

车轴有多粗我没有见过。我也没有遇见过那条大蛇。

后来那揭发的人死了，是因为吃了偷来的冬瓜。彼时冬瓜都长在村庄很远的地方。成片精细的泥土要用来种庄稼或要紧的菜蔬。冬瓜只会种在"十边地"一类的角落里。但它也不计较，仍旧拼命地长到大而不当的地步。冬瓜是一种有些夯蛮的菜蔬。村里人也把蠢直的人叫作大冬瓜。据说这吃死人的冬瓜是被着意下了药的——因为总是有人来顺手牵羊，主人暗中用捡来的针筒注了农药。我那时候并不明白什么善恶的道理，但听了总是觉得可怕。日后我见到坟墓或者冬瓜都会心生疑惑。

再往前走很久还不是尽头，但到了与邻村之间的界址。当然也没有任何标志，父亲只是潦草地扔了几根树杈在那里挡着。除了鸟兽，人迹也罕至，甚至没有人会记得这种荒僻的地方。我们走回来的时候，路上的景致好像又不一样了，这给人一种奇妙的感受。我想问父亲是不是每天都可以看到这样的月亮，奈何他并不关心这些事情。他在意的是那些无言的树木，以及心里牢牢记得的数目。

回到他的屋子里，我听着手表嘀嘀嗒嗒的声音，迷迷糊糊跌进梦乡。我好像还听到了河流的动静、风吹在芦苇上的声音，甚至孤鸟振翅的响动。父亲半夜起来在门口撒了泡尿，又慢慢地转进屋子里来，自言自语道："天时好，要收芦竹了。"他到了三荡河之后，芦苇一族也成了他的庄稼。真正的芦苇是不多的，它要三荡口那种荡区才能铺陈开来。芦苇能做一种很轻贱的帘子，造房子时做屋顶用。乡间给亡人烧的纸房子也用芦苇做骨架，但并不常用。至于端午裹粽子要用的苇叶，整个村子共用一丛足矣。那种隐士一样的钢柴并不多见，做成帘子却很是耐用。冬天用它来晒萝卜干，很多年都沾着腌制的咸香。芦竹则是多见的，疯长得有点放肆。芦竹质地坚硬，大有用武之地。父亲把芦竹运到高田上的菜园里去售卖，请能说会道的二舅妈来当介绍人。前一年约定好了价格，可到了地头菜农们就计较起来。货到地头死，父亲也懒得争辩，三文不值二文卖了。他带着一肚子的饥饿与满船的疲劳一起回到三荡河。只有这条河是老实巴交的。

芦竹收割后的三荡河边，留下无数尖锐的硬茬，就像凸显的贫穷一样令人不安。父亲受尽了磨难，依旧无奈地背着手，继续去清点他的树木。我不知道的是，父亲夜里也会去数他的树木。这几乎已经不是为了看护，而是一种孤独的生活方式。或者说，是树木在看护着时常会暴跳如雷的父亲。他可能觉得这种荒凉独行的走过，比起他受到的苦楚不知自在多少。那夜我醒来时，听不见他的呼噜声，四周只有无边的寂静，瞬间觉得被恐惧淹没。我甚至不能喊出声音来，窒息一样在烟味浓重的幽暗空间里不知所措。后来我想：父亲会不会在酒醒之后，也有这种茫然无助的感受？

人们以为他守好那些树是十拿九稳的事情。哪知道三荡河的北岸还是出现了几个邪恶的新树桩。几棵珍贵的树木消失了。事情发生后，大队里也没有计较什么，他却有些不甘心，一连找了很多个晚上。他用手比画那些树径，足有三拃的长度。那些日子他总是黑着脸，疲惫的样子超过农忙了尾的时候。他在圩堤上夜巡的次数多起来。可是贼去了就像是隐秘的风消失了，哪里有什么证据呢？一天夜里，他被对岸窸窸窣窣的声音惊醒，连忙划着船过了河，无意中撞到了一个偷泵站电线的贼。他把贼人扭送到派出所，以为会从他嘴里撬出点关于那几棵树木的消息，可并没有得到任何线索。这让他感觉到沮丧而又后悔——他抓这个贼做什么呢？但他因此成了见义勇为积极分子，还被请到县里去领奖。他极不情愿地穿上当乡干部的姑父送来的旧衬衫，领回自觉有些滑稽的荣誉后，把那奖状给了我。那些奖金除了作为母亲的药钱和我的学费之外，他当然还好好喝了一顿酒。

那一年冬天上河来水很少，内河干涸得见了底。父亲无意瞥了一眼支书家门口的河底，见到几根泡得失去了面目的木料。他用手比画了一下，正好是三拃的树径。不知道为什么，他没有揭发支书的劣行。也许因为他那次抓贼之后，邻人们曾经劝说过他"抓贼不如放贼"。他喝酒的时候念叨过一次这件事情，但最终并没有什么举动。我当然也不敢置喙。后来村里人传说支书家出了件蹊跷事，沉在门前河里的几段树木不见了，他的婆娘骂了好一阵子。这是父亲做了手脚。汛期来了之后，他夜里把那树木上的绳扣解了，几根树木随着船漂到了外河，被当作木桩钉在了挡水坝头的内侧。后来支书一个劲儿地夸这几根桩很直。

父亲经常不经意间念念有词。他大概是想到了一些问题，就无意说出声来，或者他是排练着自己想要说的话。这些话大多无人愿意听。他所受到的辛苦，就像三荡河边的芦竹一季季衍生。他与很多父亲一样都默默地承受着，还会咬着牙显出坚强的样子。这也许才是一位父亲应有的样子。

五 闹酒

村庄的酒席上常讲一段很有意味的故事，多少有点油嘴滑舌的意思。说一个人上桌就讲："豆腐就是我的命。"村里的豆腐有一种很著名的做法，谓之"汪"。豆腐切碎了，用高汤和脂油碎、虾米等一起"汪"，乃大多数农家宴席的头菜——一碗豆腐下去，心里就热乎起来。如果这点奢望都不得，就如俚语所怨：瞎钱用了千千万，没弄碗热豆腐烫烫心。这人说他把豆腐当作命，抢先狂唉几勺，人们颇为不满。待到添酒时，同桌故意不理会他，那人便来自取。人们反问："先生不是说豆腐是你的命吗？"说罢又把那空碗推回他面前。那人却夺过酒瓶说："有了酒，我的命就不要了。"

酒真正是男人们的命，至少对南角墩的父辈是如此。

父亲兄弟四个，只有三叔不常喝酒。他的妹妹们也有能喝酒的。过去春节的年饭就是一场场酒事。出门的姑娘带孩子回村拜年，放下节礼之后就等男人们的酒局。这些酒局都是在醉意和哭闹中结束的。春节对于村庄，其实就是"五天年"。这短暂的时光人们是相聚的，平素都要各自纠缠在土地上奔波。也许由一场场酒局作为新年的开端，有着很深刻的寓意——酒就像是一段引言，写下一年又一年的不安和苦楚。

他们端着碗喝"粮食白"。"粮食白"便宜得很，大口地灌也不觉可惜，还可以生出一种豪壮。世上的豪情并非全要依附于富有或繁复。村里叫白酒作"麻酒"。男人们大碗喝麻酒，并确信这是最快活的事情。在他们心里，"粮食白，顿顿咽"，才是好日子。年节的菜无非鸡鸭鱼肉，比起日常自然丰盛十分。

父亲弟兄及妹婿们坐下来，端起碗就大口地灌。这被女人们斥之为"灌鼓"。父亲喝酒不用人劝。他似乎也不屑于劝其他人，只自己闷头喝。二叔酒量也好，但喜欢攀比着别人碗里的酒。三叔只在厨房间忙碌。实在有人窘他，就端着碗一饮而尽，转身进房倒头就睡。四叔年轻，所有的酒来者不拒。他总是偷偷地笑，实在看不起任何人的酒量。大姑父在乡里谋职，练得一身酒术，不管酒优劣都能喝一斤。二姑父的酒量一般，但嘴上是硬气的，从来都不谦让。有一次喝多了，偏偏要钻到桌肚里去，拿了老虎钳把一枚硬币折弯才罢休。三姑父读过好些年书，有些自以为是的书生气，话不多，酒也不慢，人若催他，就会吐出两个字："喝哉。"

一众人在春节喝麻酒，更像是借酒浇愁。他们是同一根藤上的瓜，连着一样的苦根。酒水能撬开人的嘴巴。二两酒下肚，平素埋在肚子里的怨气和不快，就像胃里的秽物悉数倒出来。先是张家长李家短的外事，说着说着就是鸡毛蒜皮的家事，一言不合就拍起桌子来。三叔望见他们的情形不对，抱着酒瓶从厨房推草的窗户钻出去跑了。话题无非是父母忽视了谁，而自己又被如何亏欠了。这在村庄里被称为"道短"，说的都是生活的难处。这是农民的脾性，作为农民的后代，我绝非恶意糟蹋。人们因为收获的艰难，每一点付出都希望有所回报。这也是村庄的短处。说农民慷慨，其实多是一种利己的善意，他们心里首先是想着福报的。在贫瘠的土地上，"福气"这个词太难得了。人们并非没有良知，但两手空空的时候，慷慨豪情无从谈起。

酒不够，饭来凑。饥饿是穷人的，饱受饥饿之苦的人们在面对食物的时候，常有不安的感觉。锅里饭食一旦丰裕，人们又会用一种极端的方式表达对饥饿的恐惧：他们比赛吃饭，用那种蓝花的海碗，把饭装到"堆尖"的程度，竞相灌进不安的皮囊。这并不是什么美好的情形。每每春节办年酒的时候，母亲和妯娌们都会皱起眉头来。她们使尽浑身解数忙出一桌菜来让男人们灌酒。不欢而散之后，又似乎终于松了一口气，说："不灌酒，算什么男人呢？"

村庄后来失去了这种令人不安的豪情。某种意义上，这是一种损失或者退化。一个男人不愿意大碗喝酒，一个村庄失去了鸡飞狗跳，日子就难有生动的样子。大概是因为日子好起来，人们学会了珍惜与掩饰。各自为安的日子让人们变得冷漠，学来的彬彬有礼使生活变得多疑和虚伪。不知道后来为什么很多人乐于改造农村的一切，用城市的方法去矫正和改良土地——其实，这些衣冠楚楚者大多数也是村庄的子孙。他们所想要的农村，已经不再是那种豪情的地方。没有这点骨血深情，生长还有什么气力呢？

所以，父亲总是会怀念起他的酒来。

父亲的酒量是惊人的。"粮食白"进入村庄之前，他们喝的是大麦烧。他津津乐道的"与黎先生喝五斤"的旧事里，喝的就是大麦烧。村里叫大麦烧作"大麦吊"。"吊"是一种酿酒的工艺。南角墩及周边是不出酒的，大麦吊这个称呼土气而实在。有时候对人的称呼也会讲究一点，比如喊人作先生。识字的如教师或者医生都叫先生，会算账的也勉强叫先生。黎先生是个手艺人，且只是个劁猪的，但他长得像先生。

黎先生骑着自行车从东面来。他那印着华表图案的皮包挂在龙头上。他清瘦得很，头发总是梳得很仔细。梳头油涂得明晃晃的，能看见雪白的头皮。他的皮肤也很白，像身上的确良衬衫一样亮堂。衬衫最上面的扣子总是扣着的，就像是中规中矩的教书先生。约好来劁猪的日子，父亲大早就逮了一只小公鸡杀了煨汤；又切了几圈冬瓜切成块，用盐拌一下放脸盆里等着下锅与汤同烩。

黎先生下车之后，先是把袖口的纽扣解了，一板一眼地把袖子折上去，才拿出那些明晃晃的工具来。

猪突然在安静的村庄里嚎叫起来，它被父亲拎着耳朵拽出猪圈。孩子们都来围观。大人在田地里听见声音抬头看一下，复又低头去和庄稼周旋。黎先生用脚踩着猪脖子，他的布鞋边沿是雪白的。他修长的手在猪的腹部比画了一下，而后用酒精棉团擦拭，又用那修长的刀剃去猪毛，露出了雪白的猪皮来。他果断一刀下去，血就像泥土里的积水一样渗了出来。他把刀搁在包旁边，伸出手指往猪的腹内掏去。他的嘴角因为吃力而斜咬着，眼睛竟然也瞪了起来——这一刻他不像是个先生，而像村里的屠夫。猪在拼命地嚎叫。孩子们在一边看得不寒而栗，赶紧往后退了几步，眼睛还直勾勾地望着那刀口。那把沾血的刀寒光四射。切除了猪欲望的器官，他拿起针线来细致地缝上。那种弯钩一样的针很特别，缝上线之后打个结，又用带血的刀切掉多余的线头。那种细致就好似在给人做手术。金属的针筒早就装满了药水，注射进已经挣扎得疲惫的猪身。

父亲又拎着猪放回圈里。它在满是蚊蝇的窝里惶恐地转悠着，又往墙上蹭了蹭，眼睛里满是惧色。两头猪的手术不过花半小时就收工。父亲把腌过的冬瓜冲洗了倒进鸡汤里，让母亲继续添柴烧锅。他又用那脸盆打了半盆清水，供黎先生洗手。黎先生先去河边洗一下刀具和手上的血水，才回头到盆里来洗手。父亲专门为他买了一块香皂，他的手上泛起浓白的泡沫。父亲又去舀一次水来，黎先生才最终洗完了手。那块肥皂放在窗台上晒干了，似乎还留着血腥的气息。他收拾好工具，叹了口气，把袖口又放下来扣上纽子，才和父亲抽起烟来。他们早说好了中午喝一顿，这是惯例。他来劁猪并不收父亲的钱，只要喝一顿酒。父亲对他们的交情很自豪。黎先生要把劁猪所出的秽物用芋头叶子包着放进包里带走，这是村里通晓的。这点东西确实算不得什么宝物。村里有一个剃头匠叫大佬倌，喜欢吃这种怪异的东西。他和大佬倌也没有什么交情。人们还背地里传说，他常和大佬倌的婆娘睡觉。

盐腌制过的冬瓜会脱去轻微的酸味。一入汤里，这种朴实的菜蔬很快就糯烂了。母亲将一锅汤水全装在盆里端去桌上。黎先生和父亲喝起酒来。这好像才是今天的正事。母亲还要去给他们炒一盘韭菜，除此之外桌上就无有其他了。黎先生用筷子在汤锅里蘸了蘸，又放在嘴里尝尝味道，放下筷子就端碗，和父亲碰一下后喝酒。父亲和他说村子里的新鲜事，他嚼着鸡脖子听得津津有味。黎先生来，父亲杀鸡的时候就不把脖子剁碎，一整根去了皮全给他吃。黎先生喜欢吃鸡脖子。父亲嚼着鸡脖子褪下的皮，好像很难咽下去，因为嚼得不像黎先生那么细致。他吃一小段就喝一大口酒，其他的肉块似乎也不多动。他又拿了我的筷子，把鸡腿搛进我的碗里，然后继续端碗喝酒。他们喝酒的时间非常漫长。蹲在桌边的苍蝇都似乎失去了耐心，无奈地飞走了。父亲的声音开始大起来，不断地要和他干杯。黎先生把衬衫最上面的纽扣解了，但声音仍不会很大。他端起碗来喝尽了，把碗斜过来朝父亲晃了晃，意思已经又喝完了。父亲忙不迭地喝光了碗里的酒，又赶紧提起塑料壶来往黎先生碗里倒。

黎先生用手指在碗边示意了一下，但这并不是阻拦而是客气。他们喝光了五斤酒，父亲舌头已经发直。黎先生喊母亲"新姐姐"，她赶紧去给盛了半碗饭。这份量是他说的"起蓝箍"，过去的碗内有一道蓝色的印记。他吃得也不多，最后撽了一筷子韭菜，把碗里的米粒都卷在一起吃干净了，才站了起来。父亲喝过酒是不吃饭的。他把黎先生送到门口，帮他把包挂在自行车把上。黎先生跨上车就往西去了。

父亲转身回到屋子里，端起那大盆，把剩下的冷汤呼啦一口全部喝干净，又转出去看看圈里的猪。他扶着墙撒了一泡尿，一头倒在旁边的草垛上，睡到夜幕降临才醒来。母亲也不去管他，只要听见他的呼噜声就放心了。

这场酒事是父亲足以夸耀一辈子的。日后谁要是和他提起酒来，他总是有些不屑地说："想当年黎先生在时，我们就一只小公鸡喝掉了五斤酒。"人们听罢这话就不多言了。黎先生比父亲小，但很早就走了。他是自己上吊死的，挂在自家屋梁上。她的女人竟然一声也没哭。听说他是欠了赌债被逼死的。从此那位剃头的大佬倌再也吃不到嗜好的一口"活肉"了。后来他也死了。人总是要死的，也终将被忘记。

父亲日后依旧是喝酒的。他每喝完一顿酒都会用筷子敲敲碗得意地说："我这一辈子喝的酒可以动船来装，所以死也是够本了。"他不允许我用筷子敲碗，说这是要饭的举动。可他自己是可以敲的，不知道这是什么道理。他喝了酒道理就全在他，并认为每一口酒都是有道理的。

我从村小转到另外一个村上学，教书的先生陌生起来。本来同村的先生都是眼前人，他们也大多是农民，不太正式的样子，父亲从来都用大嗓门对付他们。到了新的学校，老师们的脸孔板了起来，他的大嗓门不管用了。他知道上学的好处，因为他自己吃尽了"睁眼瞎"的苦，也学会了低眉顺眼地找老师商量事——并不是请他们关心我读书的事情，因为他实在不知道上学究竟是怎么一回事。他是怕我吃不饱饭，便央求先生们带着我同一桌吃饭。彼时，学生都是带着油米菜金去学校的。老师们和学生吃一锅饭菜，只是不用拥挤去抢食。他们单坐自己的桌子，饭菜是一样的——每天都是白米饭就青菜或冬瓜汤。艰难起来也有喝"神仙汤"的时候，那种酱油的味道实在浓重，不知道后来为什么很多人怀念。

父亲听说某位支书的儿子是和老师们一桌吃饭的。这位同学的成绩很好，好像也是沾了老子的光。父亲似乎有些不服气，他说:"老子英雄儿好汉,怎么就他支书的儿子吃得?"这种蛮横实在没有道理,但他真就把这件事情办成了。

等下午放学之后,他捉了几只鸡鸭来到学校,央求做饭的陈奶奶帮忙做了一桌菜,请几位老师喝了酒。老师们也是能喝点酒的,可惧怕他喝酒闹事。因为本村的一位先生居中联系,这顿酒就喝起来了。这是后来父亲自己讲给我听的,他此前没有提过和老师喝酒的事。那天他又喝得酩酊大醉回来,中途失手连人带车冲进了河里。好在他对那些河流是熟悉的,竟然还能把车子捞了上来。那个晚上异常寒冷,他打着寒战一脚将沉默的门踢开,把母亲和我的睡梦惊得支离破碎。他缩在床上瑟瑟发抖,母亲用从合作医疗服务站要回来的盐水瓶灌了几次热水,才把他焐热了。

第二天醒来时候,听见母亲埋怨,他很不屑地说:"你懂得什么,那些麻酒能办大事的。"后来我真被先生们叫到一桌上去吃饭。其时我举止畏缩,总想着衣服上的补丁,端着碗很不自在。父亲一定是得意的,他大概觉得这样我会得到更多的照顾——毕竟老子是和先生们喝过酒的。那时候的先生也真正朴素,他们的日子也很艰难,大多数也是要种地的。有一位先生很幽默,大家对着白米饭和神仙汤摇头,他攥了一块锅巴咬成椭圆形，津津有味地说："甲鱼，清真甲鱼。"父亲自从和他们喝酒之后，也就彼此熟络起来。有时候他们经过南角墩，还会特意到家门口看看。他们会大声叫父亲的名字。有一个傍晚，一位姓徐的老师经过村庄。父亲就像见了亲戚一样把他拉进门来。他又骑着车子去买了一块牛肉，回来和老师喝了半斤酒。我不知道为什么父亲会有这样的勇气，能和一位先生坐下来喝酒。"办酒"在过去是一件很隆重而真诚的事情，只是后来好像变了意思。过去的人们并不讲究什么，也没有在一场酒事中寄予太多念头。坐下了酒杯一端，就不再见外，这是一种很朴素的情义，到后来很难得见。

更多的酒水被附着了额外的意思。本来人们只是端起碗来便喝酒的，日子好起来之后，喝酒却隐蔽起来。喝酒的器具也发生了变化。过去只是用碗，喝完了就用它盛饭吃。后来用了容量固定的杯子，可见人们是认真对待酒事了。可也多了猜疑和顾忌，酒桌上的事情变了味。父亲与村干部们关系不好，他的那根扁担始终横亘在人们心里。有一段日子，村干部们喝酒很频繁。他们找出各种名目来喝酒，并打下了许多"白条子"。这与饭点时上了邻居的家门，坐下来端碗就喝酒当然不是一回事。人们盘算着酒事，且有沉湎其中的意味。譬如村里来了放电影的，一早先是架起银幕来广而告之，而后便是村干部们借着招待放映员的名义坐下来喝酒。喝酒的人家是固定的，酒罢就在白纸条上写下一笔歪歪扭扭的坏账。嫉恶如仇的父亲当然不会有机会端这样的杯子。他喉咙里声音大，人们怕传出去。喝酒成了一种搞阴谋似的活动，豪情自然就会收敛起来。父亲是不甘心这种局面的，他以为自己的酒量可以和那些人一拼。他就不识趣地在中途推了门进去看看，一次恼怒起来还掼了桌上的酒杯。这让村里的酒事更加隐秘。父亲却说："喝一年才长一岁——再说他们的穷酸酒量，不灌也罢。"

一九九一年暮春时节，一场大雨从莳梅天下到入秋，几乎把那个夏天都淹没了。满世界都是水在流淌，三荡河这样的大河也束手无策，就像父辈面对一再加满的酒碗，终于也望而生畏。水位已经高出内河一米，虎视眈眈地张望着湿漉漉的村庄。村庄岌岌可危，水已经抵达了庄户人家的门槛，蛇虫也无奈地在水上奔命。三荡河和村庄内河的接口，是村里唯一的闸门，这里建有排涝泵站。水流像无处安放的情绪，在土地上张牙舞爪寻找地方发泄。村庄所有力气都用在三荡河南岸的大圩上。那传说流向东海的河流，好像走不动路了，无尽的大水盘桓在平原上不肯离去。泵站根本应付不了天上雨水瓢泼般下来，我从那时就懂得了一个词:大雨如注。

奶奶捏着潮软的香烟坐在门槛边说:"天漏了。"

她把烟蒂扔在门前的水里。水面发出老人叹息一般的动静,瞬间又回归了绝望的沉寂。现在路上已经可以行船了,好些人已经转住到船上。这些平素用来运粮食的船,现在成了漂泊的居所。大泵吸着河水与杂物往三荡河倾泄,漂荡的船也往闸口聚集。咬牙紧闭的闸门是村庄最后的坚守。支书派人日夜看守闸门的动静。他清楚疲惫的闸门已经有了暗涌的回水,也清楚此处的水深。他央人去找父亲,请他下水去堵漏。从小放鸭子的父亲水性极好,能一个猛子扎到三荡河对岸。但父亲犹豫起来。他明白暗流的凶险,大概更是介怀村干部们在这种时刻仍在喝酒吃肉。其实,此时人们已经不再只是贪恋一口麻酒,而是在自我麻醉中缓解紧张的情绪。他们依旧打了白条给村民,请他们杀一只鹅煮了用来夜餐时候佐酒。那样的雨夜着实煎熬难耐,酒水能够给人们一些幻觉和勇气。他们说话的时候都满是酒气,让雨水变得更加悲壮。他们都是村庄的孩子,面对兵临城下般的危险,同样也战战兢兢。

人们知道父亲熟悉三荡河,也清楚父亲的脾气。

父亲其实是个热心人,还喜欢逞能。逞能并非因为他总是很有办法，而是他害怕别人觉得他没有办法。人们知道用一顿酒是打动不了他的，于是就用激将法，说他是不敢下河的，只是大公鸡打架——全仗着嘴。他朝人们瞪了瞪眼睛，默默地蹲下来，把事先准备好的破棉胎咬在嘴里，沿着河岸下了水，朝着那翻滚的暗流，一个猛子扎了下去。人们都扒在闸口的栏杆边，焦急地等待着他回到水面。见到往上翻涌的水停住了，大家脸上有了喜色。父亲像一条冒失的鱼，突然从水底跃出水面。他用手抹去满脸的浑水，大口喘着气靠到岸边来，头上顶着水草也全然不顾。他薄薄的衣服贴在身上，能看得出肋骨的印记。

父亲上岸之后也不换衣服，回自己的棚子里喝了一口酒，又抽起烟来。他最近总是把酒带着，随时都要喝一口抵抗湿漉的天气。因为我和母亲也搬到了船上，他索性把一口锅也带到三荡河岸上的窝棚边来。洪水泛滥时鱼也异常多，许多鱼塘都炸了口子，隐匿在河流深处的大鱼四散逃窜。它们似乎也想着要逃离南角墩，但奈何内河向外的水路已经闭绝。唯一的出口充满着险情，那是泵站的抽水口。鱼被流动的水欺骗了，它们和水草一起瞬间被嚼碎吐到外河去。野蛮的泵站就像一个玩世不恭的少爷，轻易吐掉嘴里剩余的饭菜。那些残废的鱼漂在水面上，父亲捡了大段的，放在铁锅里煮。连续阴雨，没有干柴火，他就淋上抽水机边的柴油去引火，烧得空气里满是柴油味。鱼变成了肉，在汤汁里翻滚。父亲把他的酒打开倒了一口进去。酒并没有失去情绪，在锅里反而更热烈起来。鱼在剧烈的酒味中重生了。父亲喊来弟兄们坐在锅前喝酒。他们掐了树枝当筷子，握着那玻璃瓶一人一口轮流喝，毫不介意。喝多了，他们对着河水叹气："有命吃饭，没命滚蛋，再灌就是！"

水大概被他们的酒气吓唬住了，一夜之间就消失了。太阳升了起来，泥泞的路很快就干涸了，留下人们日日夜夜丢失的脚窝。那些空酒瓶再也无人问津。一些死鱼的白骨上爬满了蚂蚁。我满脑子都是柴油味。那是一种永远祛除不了的气味，比粮食白的味道还要顽固。这也是一种豪情，只有父辈们光脚踩着泥土的日子里才能长得出来。

水退了之后，人们很快就忘记了父亲冒险的事情。这对他来说也确实不算什么。人们又回到平静的生活里去。水流淌过的地方留下印记，也留在关于这个年份的说辞里。父亲还是那副倔强的样子，他不需要人们去说服，就像从来不会忘记端起酒碗。他对于村庄的态度早就刻板了。这种刻板并非是拒绝，他自己也是村庄的一份子。就像是对"粮食白"的态度，他知道这种酒的恶劣，但还是在嘴里周旋了一辈子。他已和碗里的酒水一样烈性而蛮横。

那个北方的侉子来到村庄之后，第一个就与父亲红了脸。他本是来收树木的，开着三轮货车冒黑烟闯来。他大概早就盘算过村庄里的树木，这在他的眼睛里满是生意。南角墩的人们并不关心树木，庄稼已经让他们精疲力竭。很长一段时间以来，人们起房造屋打家具都去买外地的木料。南角墩确实没有什么成材的树木，好像只有父亲的桑树扁担是土生土长的。父亲看守过的杨树虽然高大，但并不是什么好材料。几年树长成了，会有北方人来收购，连树枝都悉数拖走，据说做成板材很值钱。可这些树就像外地人，终是留不下根来的。

侉子来的时候提到过自己的名字，但人们对他的介绍不以为然。只要是北方来的人，南角墩人都觉得是侉子，南方来的人则叫作蛮子。不过大多数南方人是不会来南角墩这种偏远的地方，只有北方人以为这样的村庄暗藏着一点生计。这里的人们觉得自己住在世界的中心位置。这个北方人来之后，也就无奈地接受了村人对他并无特别恶意的称谓。他要买父亲的树木。父亲觉得自己看管过几年树木，对行情了解一点，所以抽了他几根烟之后，并没有达成共识。这人比父亲还要暴躁，红着脸扯着嗓子争论起来。父亲也是喝过酒的，这天倒是异常冷静地反问:"长在我屋子后的树,能由你说了算?"

伢子在村庄里扎下根来,租了村西的空地办了一爿带锯厂。说是厂,并不大,专门经营木器生意,也给附近的村庄代开木料。父亲不在意他的经营,那是村干部关心的事情。父亲总是觉得凡事和村干部有关,总会有点阴谋。他不怕阴谋,但也玩不起阴谋来。他已经又养起了鸭子,每天只围着河流的边沿转悠,在水边留下一串串暴躁的吆喝声。

人们以为父亲这头蛮牛是不会和红脸的伢子有什么瓜葛的。父亲把树卖给了其他收树的人。那一段时间,有很多北方人来村里收树,都是嗓门儿很大的粗壮汉子。长到十几米的树,一袋烟工夫就被放倒了。这人本来是来卖树苗的。他在饭点到了村里,自行车后装着两袋各式果树苗木。他不清楚这里的情况,果树在村庄里是不大受人们待见的。土地好像也没有什么想象力。所有的果树都长得很羸弱,挂了果子也生得奇形怪状,就像是喜欢开玩笑的人,满是古怪和不堪。这人走到门口时,父亲正在喝酒。他停下车来问:"能不能用树苗换碗饭吃?"父亲是个穷大方的人,吃碗饭是没有问题的,但不要什么树苗。

这人倒也并不客气,丢了几棵杨树苗挨在墙边,进了屋就坐到桌边来。母亲给盛了一碗饭。他鼻头儿通红,口音很重,和村西头那个侉子是一样的。父亲又问他喝不喝酒，他站起来说："那我再给你棵橘子树苗。"说着就又走出去，从车上拎下一棵橘子树苗靠在墙边。村子里有人种过橘子树，结出很酸涩的果子，只能放在家里闻闻香气。有的人干脆任果子留在树上，干瘪了掉在地上也不过问。父亲给他倒了酒，两口下肚，人就熟络起来。酒是一种很奇怪的东西，明明是冷漠的样子，进了男人的肚子里就变得热闹起来。他给父亲讲了好些种树的方法，却不知道父亲对此并不感兴趣。喝了酒之后，他帮忙把那几棵树种在门口的菜地里，并说来年长大了再帮着嫁接其他品种。他又去屋子后面看了看那些大树，说这些能卖个好价钱。父亲对这事倒很感兴趣，但对他说的价格有些不敢相信。他之前曾为这些树和那侉子争得面红耳赤的。父亲见他走远了，嘴里咕哝了一句："这些侉子，都是'骗子瓜话多'。"他大概是想起了手艺好的黎先生。他也是喝完酒骑着车走的，后来就再也没有回来。

那鼻头儿通红的人第二天真带了人来了。父亲却一时犹疑不决。但那几条汉子已经卸下了油锯，不一会儿工夫就把那长了好些年的光阴给放倒了。放树的时候，村西头的侉子派他的工人站边上悄悄看了一眼。他大概还想着做这笔生意，却被父亲几句话敷衍走了。红鼻头儿汉子出的价格确实不菲，这笔钱后来成了我读大学的第一笔学费。

红鼻头儿汉子没几天就出了事。那天村头木器厂里闹哄哄的。民警押着人来指认现场。人们都跑去围观。被押着的人正是那个红鼻头儿的大汉。他承认自己破坏了那侉子木器厂里的带锯。那人看起来良善，竟犯下了这种离奇的罪过。原来他和侉子本是一起出来到各地收树木的。那侉子黑了心，拐红鼻头儿汉子的老婆跑了，躲到这里生活。这红鼻头儿汉子回老家去弄了些树苗出来，一边讨生计一边找人，想不到在南角墩找到了那婆娘。他也有些心眼，先是按兵不动——哪知道侉子知道他进了村里，赶紧带着那婆娘先去别处避风头了。父亲这时候才想起来，那天为什么会有人来打听消息。红鼻头儿汉子一眼就被认出来了，工人回去通风报信。红鼻头儿汉子找不见人，只看到门口歪歪扭扭写了四个字：吉房招租——那侉子来个金蝉脱壳。红鼻头儿汉子一怒之下砸坏了他厂里的带锯，最终被警察给逮了起来。

父亲以此判断，能喝酒的人也不都是好人。红鼻头儿算是条汉子，可那侉子到底不是什么好人。事情出了之后，侉子变卖了那些并不值钱的家当。据说连村里的租金都没有交全，就又逃之夭夭了。父亲很有些不以为然地对路过的村干部说："你们看看，酒杯是不能随便端的。"那段时间电视里放着连续剧《水浒传》，他每天都去邻居家的院子里看上两集。看完了就总是说："你看看，没有这两碗酒，哪里来的胆量？"他说不出什么江湖义气的道理。酒在他看来只不过是胆量，是没有阴谋的胆量。

父亲是一直喝酒的。过了六十岁，身体多少有些病痛。他顽固地认为，如果不能喝酒，他就要离开南角墩了。他和很多人喝酒，又好像总是自己一个人喝。他的酒在自己的碗里，总是有自己的道理。我刚成年就捧酒杯，他也从来没有阻拦过。对于我喝酒的情势，他颇有些不以为然。周末来看我们的时候，见我宿醉萎靡的样子，总是轻蔑地说："你们喝酒不像样子。"

我们的酒事和村庄的酒碗自然不是一个样子。我并不像他那样一定要喝酒，我喝下去的酒也未必完全是心甘情愿的。我们的酒是为了面子或者里子——这里面总有盘算，大多数时候算不上豪情。父亲的酒碗里是他自己的主张。他和酒一样有自己的品性，大多是热烈而豪迈的。这种品性并不为什么具体目的。他们碗里的酒多是酒本身，这是农人纯粹之所在。后来我们这些子孙虽学会了豪饮的本事，出去闯荡时却用以争强好胜，在父辈看来当然是不像样子的。

二叔因为喝酒出了车祸。老迈的父亲皱着眉头骂着他的不是——说他喝酒总是不像样子。二叔出殡前一天，父亲还是坐在桌边喝酒。人们忙碌着，他只闷头喝酒。也许他觉得只有自己碗里的酒是对的，其他的事情都不像样子。

六　牧鸭

因为放过很多年鸭子且好酒，父亲的暴躁被认为是有根源的。这种联系是村庄的一种偏见，但暴躁在父亲身上是明确的。

他瞪眼睛扯着嗓子在村子里喊，四野的草木似乎都不寒而栗。村里人称大嗓门叫喊作"抽冤"。他暴躁的声音里好像真饱藏着怨愤甚至冤情。可用母亲的话说，他也是没有办法的。村庄除了饥饿之外，还有一种绝望：搬砖头砸天也难解的无可奈何。日后，当我离开村庄在外漂泊时，听到很多关于农村的溢美之词，我也曾穷尽所能地去表达过自己的感念。事实上，有些情绪是不能轻易赞美或判断的。但某种程度上，它也是一种生长的力量，对我们的生活有无尽的恩情。

也许，有了这种暴躁，村庄才更加丰赡和真切。

我的爷爷当初是赶着鸭子来到南角墩的。他的妹婿也是鸭司令，据说是从江边放到了里下河平原。人们认为放鸭的人暴躁，也不喜欢那些聒噪的鸭子。我没有见过自己的爷爷。从他的妹婿，也就是我姑爷爷的身上，能看得出某种作风。他一口扬州腔。下河人的方言和扬州话不尽一样，城里人讲话有一种绵长的拖腔。下河人性子急，直来直去，没有那么多回环。他有一句很有意思的口头禅，说话总是这样开头："日马马……"他总是来看父亲，八十岁了还能喝半斤酒，想到不快活的事情就马上拍桌子。从他身上我能看到那一辈人的样子。父亲本没有想继承爷爷的衣钵。他从村庄出门承继去三荡口，又回到南角墩，除了入伍和为数不多游手好闲的日子，就一直用牛种地，直到中年才拾起来自己父亲遗传的手艺。这让他一度变得更加暴躁。

养鸭本就是一件操心的事情。

为了预备我日后"传代"成为鸭司令，他将手上的"舞把"塞在我手里，命我去放鸭。这是一件非常寂寞又令人暴躁的事情。那些被称为"鸭溜子"的畜生们，在河水里还算老实，一旦登陆秧田，简直鲁莽得令人发狂，一眨眼就无影无踪。我蹲在秧窠边侧耳细听若隐若现的啾鸣声，慢慢确定它们的真实位置。我迷茫地坐在田头等待，又百无聊赖地翻看带着泥点的书本。到日落西山时，又要赶鸭子上来，那简直是天底下最揪心的事情。你明明听见那些声音在稻田中，可当人到达的时候，它们却突然没有了踪影。站在稻田中央，人就像稻草人一样尴尬。等着再循声而去，它们又转向另一个角落。秧田里的泥水软烂胶黏，双脚就像被咬住一样，挪动起来十分艰难。拼命吆喝着一群活物到了田边，身后还有零星的叫声。转身再去寻找，前面的一群又炸开来。鸭群散了叫"炸了"——这些活物真像是情绪的炸弹。父亲和这些生灵斗了一辈子，也没有十足的把握。把掉队的残兵败将找回来，用瘦弱竹篙系着的塑料布狠狠地抽打它们，也只能激起一点愤怒的水花。

最为可恨的是，一身狼狈的我像掉队的鸭子，还没有缓过神来，就听到父亲在对岸呵斥。他的愤怒有时候是无端的，好像村庄没有了他扯着嗓子的叫骂，就如文章没有感叹号一样平淡。我倔强地站在河边不回去，就像与人周旋的鸭子。我由此默默下定决心：一定要离开这块令人直跳脚的烂泥地。

父亲其实是热爱这些鸭子的，否则他不会半辈子都和这些聒噪的畜生周旋。鸭子长大了，他就满意地背着手看看。莽撞的鸭子被他训练得懂了规矩，每天早出晚归在村庄的河流里觅食。他有时在河边的草地里睡着，醒来看看那些淘食或者休息的牲畜，脸上都是满意——他知道过了年，鸭屁股里就会有滚滚的好日子掉下来。年前，他在央村里的高先生写春联的时候，特意让他写了三张竖条红纸：猪圈里的猪大如牛、鸡窝边的鸡生大蛋、鸭栏门的鸭上满栏。

他大概忘记了村庄里有一种古怪的情绪：看不得。

春节之后，他张罗着我过生日的事情。村里对"生日满月"很重视，特别是"整生日"，是要办酒席的。他和母亲结婚以后，家里几乎没有过热闹的时候。他打算办这次酒席，也是为了还亲邻们的"口水债"，也顺便收收这些年的"人情债"。人们说"人情不计钱，一钱还一钱"，但那些艰难的日子里，人们还是要算计着的。他打算卖几十只鸭子，换点钱张罗酒水。那天一早，他捉住鸭子捏了捏——那肚子里已全是饱满的卵。他下了决心的事情决不反悔，骑着车子去往集市。走的时候还在桌上放了一包烟，交代母亲待村里的冯厨子送厨料单来时，把这包烟塞给他。这是"讨顺遂"的事情。

鸭子卖了钱回到家里，冯厨子还没有到来。那做道士的大来子扯着嗓子奔上门来。父亲见了他脸上满是疑惑，心里又很别扭：一个道士奔上门来——更重要的是，父亲现在更介意过去我喝过他婆娘奶的事情被提起。我常被人开玩笑要做道士的女婿。父亲看他那笨拙的女儿长大了，心里就生出了嫌弃。大来子一路喊着，走到跟前才听清楚了："小牛，你三荡河的鸭子都死了，在河边躺了一丈！""一丈"是土话，极言其多。父亲知道平素大来子油腔滑调喜欢说俏皮话，顺手将扁担伸出去就朝他扔——他拿出扁担本是要挑着担子去磨豆腐的。村里酒席上少不了一碗豆腐。大来子连忙躲开，满脸惊恐地说："你真是头蛮牛，这种事情我能和你耍笑吗？"

父亲急忙往三荡河奔去。他沉重而粗暴的脚步让满是灰土的地面震动起来。到了三荡河边，朝着大来子指的浅滩一看，那些鸭子真的全僵死在河边。他去集市之前似乎还听到这些畜生在吵叫的。开春后河里的活食多起来，它们的身体里也满是躁动。现在它们却一下子全横躺在浅滩上，不再理会那已经暖和起来的河水。

父亲在河边号啕大哭。他的兄弟们也都赶来，望着河边的情形咬牙切齿。兄弟几个把那些鸭子捡到他的"鸭漂子"上，让那只羸弱的小船吃水很深。它从来没有承受过如此的重量。船回了内河，在家门前靠了岸。父亲站在门口破口大骂，可再吓不醒那几百只僵死的鸭子。人们纷纷围观，摇着脑袋说："这一回，不怪小牛发急，真是要逼出人命来呢，眼看着鸭屁股要冒出好日子来了。"三叔腿快，叫了派出所民警来，大家看着这一堆僵死的畜生，直是唏嘘。

父亲仍还不死心。他进屋拿出菜刀来，吓得大家连退了几步。父亲用刀剖开死鸭的肚皮拉出内脏来，扒出了带着农药味的稻谷。一只软壳的鸭蛋滚在地上，流出鲜红的蛋黄。他把血肉模糊的内脏举在手上，像拿着悲情的状纸，带着哭腔说："开春之后，早上我就不喂鸭子了，这些稻子是哪个'绝八代'下的毒手？"

春水暖了之后，鸭子早间出门去寻食，晚上回窝才会喂一顿粮食，这些站着围观的人都是懂的。只不过，现在也搞不清楚是谁下了药。叔叔们在门口挖了一口很深的泥塘，父亲飞起一脚将那牲畜连泥土一起踢了进去，鞋子上沾满了无助的血迹。鸭子全堆进去之后，人们帮着覆土，就像看着熟悉的人被埋葬一样悲凉。屋里母亲低声地抽泣着。她不敢放声哭出来，怕暴躁的父亲伸手打她。桌子上放着冯厨子中途送来红纸写的厨料单，被那包没带走的香烟压着。

那天弟兄几个喝了酒，喝着喝着就哭起来。二叔突然拍着桌子说："往后好好种着死田，不要做什么发洋财的美梦。我们是要饭的捡个大番瓜——发财也不会大。"平素里弟兄们很少坐在一张桌子边。他们脾气都很暴躁——暴躁也是村里男人共有的脾性。只是他们觉得属牛的父亲暴躁到无理可讲。

二叔是生产队长。这并不是什么重要的角色，但也很难得。外来的人家能在几乎无有杂姓的南角墩第五生产队做到一个小队长，是要有两把"鬼马刀"的。父亲承继到三荡口之后，二叔就成了家里的长子，凡事都由他来定夺。他很有一点自己的办法。他知道人和鸭子是一样的，鸭子再多也总有一只"号头鸭子"，这是鸭群里的"领头羊"，鸭群何去何从都顺着这只鸭子。生产队里的"号头鸭子"，就是识得几个字，凡事带头闹腾的人。

有一次分田，丈量了几次都定不下来。最后丈量的盘尺被扔到了河里。二叔看了也不说话，默默地走了。

二叔有一门绝技：叉鱼。父亲虽然有一柄从下河沙沟镇买来的好鱼叉，但因为暴躁总是难有收获，常常眼睁睁看着鱼抖着血水逃了。每次二叔都提醒他，下叉之后，先由着鱼"过了性子"再提叉。提叉的时候不要往后缩，而要往上斜着举，这样鱼才不会滑掉。可父亲就是性子急，恨不得下河去把鱼捞上来。

二叔叉了鱼，从构树上折下枝条，由鱼鳃下穿过，拎在手上得意地离开水边。那构树叶上的血水滴了一路，直到三叔家的门口。三叔是把"好铲子"，回屋拿了刀就杀鱼，大卸成几块下锅。

鱼头和萝卜熬汤，鱼肉红烧后堆在碗里。

二叔坐着等来人坐下，并不多说什么，只是端着装满酒的"二碗"劝酒。二碗概是碗的一种型号，后来成了特定的劝酒话术。对方喝到心里疑惑起来，便问他有什么事情。二叔只说："能有什么事情，灌酒！"等到那人主动提起"正事"，他才站起来说："你听我的不？听就把酒灌掉！"那人歪歪斜斜地站起来，端着碗已经难以自主，像喝水一样咕咚咚灌下去，碗还没有落在桌上，人就已经瘫进了桌肚。村里人说酒喝多了，便是"拱桌肚"。

二叔站起来叹了口气，就像水里的鱼吐了一个泡。

第二天生产队社员会议顺利开完，虽然分到田的人们心里不完全满意，但嘴上只埋怨那贪酒的人坏了事。日子就这么稀里糊涂地过下去，尽管也少不了争执。父亲作为长兄，与二叔的争执也是不断的。二叔与父亲的关系有些奇怪。他承认父亲是他的兄长，但家族一应事务中他又常自尊专断。他比父亲结婚早，父亲外出那几年，他张罗着家里大小事情。所以即便父亲回来，凡有大事还是二叔决定。后来分爨了，各过各的日子，要一起决断的事情也少了。他做了生产队长，父亲指望能靠兄弟情分得点"外快"。因为父亲放鸭子总是在河边来去，想顺便把生产队田里抽水放水的事情揽过来，多少也得些杂工钱补贴。可弟兄二人喝了几次酒，二叔总不表态。暴躁的父亲坐不住了，直接摔了酒杯说："你是六亲不认，我不配做你亲哥哥了。"

父亲和他从此各喝各的酒，好多年撞面也不说话。其实其他弟兄之间，拍桌子斗嘴也是家常便饭，大打出手也是有的。他们兄弟不红脸，人们倒觉得奇怪。父亲总是说："这日子，真能把人逼死。"

三叔住在我家西首，二叔和四叔各自住在村庄两头。我家东首紧贴的是从上海回来的老正松。他本是早年间从村里出去的，中年后才回了老家。他家子孙在上海讨生活的很多，听说还有什么大人物，但没有见过。老正松总是夹着上海话给我们讲旧事，我从来都不愿意听。我以为他是想用无法求证的事情震慑村里人，尤其是总与他"作对"的父亲。我对他老婆的话倒很感兴趣。她也是本地的姑娘，但大概在沪上生活久了，气质变得与村里人不一样。她会背"老三篇"，每次把我叫住，总是这样开始："张思德同志……"她还会念《心经》，每天早上起来坐在巷子口，旁若无人地咕叨着。老正松家的门是不轻易开的，人们咒之"牢门关得铁桶一样"，他的亲兄弟也这么说。他的院子里关着的是不一样的生活，连他的菜地在村里都显得格格不入。

这样的人与父亲也自然难坐在一条凳上。虽然两家共一个巷口——父亲叫作山头，他却叫作弄堂，这也分割出他们的不同。老正松的婆娘总是坐在巷口念经，这让父亲非常不满。他总是忙得四脚朝天，哪里能看得下这女人整天菩萨一样端坐着念叨？于是父亲总说："你要是嫌热就坐到自家一边去，不要总是吹了别人的风。"那可是冬天的早晨。老太婆依旧坐着不动，嘴里吐着不知其意的经文。实在说得急了，她又会莫名其妙地讲："今后我们的队伍里，不管死了谁，不管是炊事员，是战士……"

父亲见状无奈，跑到码头边拿起砖头砸冰。前夜的寒冷把河水都冻结实了，也好像偏要和他作对。两家共用的一个码头，是父亲从三荡口运回来的石头所铺筑，这与其他人家也很不一样。父亲站在码头上，就像是占了上风——河里的水似乎也要划了界限分着取用。巷口到码头间一段短路，成为两户人家的中轴线。两边草木、屋舍、猪圈以及菜地都相对着，但难以形成对称。因为两口不同的锅里，生长着不同的味道。又像异样的种子自然长出不一样的苗。老正松着急起来就这样说话："小赤佬……"他长父亲很多，吵架的时候总是说："你的年纪，我都能把你生下来。"父亲并不买账，操起扁担就磕他的孤拐。父亲只打他腿，并不敢伤腰身。

如此，老正松家的门关得更紧。那门里有什么呢？我踮着脚扒墙头看过，内中确实是不一样的生活，可这是暴躁的父亲不愿了解的。院内地上扫得一尘不染，只有一些细碎的花瓣，像面食上的点缀。那些花是村里别处没有的苹果花。那种浅白的颜色非常细腻，比野花多出一种安静。他每天都拿着剪子伺弄这些从外地买来的果树。苹果树下面种的是一丛蔓生的菊花，这也是村里的大红月季不能比的。这种花还没开放的时候，已经让人觉得很雅致。猫懒散地从花边走过，看人的眼神也有些傲慢。他家养猫是安置了灰盆的，里面是定期更换的草木灰。他家的猫也不多出门，不像邻居家的猫狗四处游荡。他买鱼给猫吃，也要像做人食一样打理干净。他好像是算着条数给猫的，和桌上的生活一样精打细算。父亲骂这种吃法作"吃药"。屋子后面是一块方塘，四围用水泥板护坡，既阻止了堤岸坍塌，也以湿滑防止顽皮的孩子来摸鱼。他养的鱼并不急着每年都清出，所以总看见有大鱼到水面来转悠。坡上种的是一棵柿子树，每年都挂上累累的果子。有时候掉一个在水里，砸出很悦耳的声响。

这样人家的日子，和父亲操持的生活是不一样的。父亲只在屋后种了树，成活了之后就不再理会，任由它野蛮生长。树下的地面长满了野草。也曾有过几棵果树，但他并不打理。起先是有些果子的，后来就疲惫得不言语了。有一棵疯长到半空的梨树，结的是酥脆水嫩的果子，但因为没有修剪过，树顶上长得发黄的梨只能令人望而兴叹。大多数梨被鸟吃掉，即便是费力够下来，梨也摔得粉身碎骨。父亲的菜园也不像隔壁的那么精致。他只是大致分了几块，随心所欲地撒上种子。有些菜蔬，如苋菜，竟然还是去年落下的种子长成的，是所谓的"懒棵子"。这并非父亲懒惰，田里庄稼已经是莫大的负担，他没有耐心再去侍弄菜蔬。他对隔壁的日子是很不屑的，并常常因此暴躁起来。"不会过日子看邻居"这句话，对父亲而言变为"看了邻居就过不下去"。特别是每个月固定的日子，邮差在老正松家喊"开门"时，父亲就更不自在。他知道，老正松出门来，摸出腰带上挂着的名章哈口气，在那汇款单上按一下，一个月的"劳保"就到手了。

这些现实经常让他的暴躁一触即发。有一年，老正松的儿孙从上海回来，在村里住了一阵子。那个戴着眼镜的小胖子看什么都是稀奇的，特别是喜欢扒在自家猪圈上看猪，过一会儿又扒到我们家的猪圈边瞅瞅。事实上，他家的猪圈也比旁人家的干净。猪圈上牵着藤长满了丝瓜，他好奇地摸那些黄色的花朵。我们彼此不敢说话，好像也明白大人们有不友好的情绪。那天傍晚，争吵在村子里再次爆发。老正松发现他家的丝瓜上有几个深深的掐痕，就站在巷口骂开了："小赤佬……"奶奶劝着父亲："既骂无好言，既打没好拳，由着他骂去便是。"父亲的酒喝到一半，突然一拍桌子，起身就冲去把那瘦弱清癯的老正松拎了起来。他的背心一下子就被扯坏了。村里除了老正松是没有人穿背心的。他还穿假领子，这都是被人们认为是"假且"的事情，就是装模作样，洋里洋气。老正松挣脱开来，嘴里还是不饶人，定说是没有骂父亲，知道是孩子顽皮所弄。父亲一听更是暴躁，问道："你哪只眼睛看见小孩弄了？再说，你家小孩不顽皮？装在盒子里的孩子才不顽皮！"这话骂得很恶毒，"装在盒子里"是咒人死了。我私下里想，这丝瓜很有可能是父亲掐的。他有时候会做出一些促狭的事情。我见过他用鱼叉捣老正松鱼塘里的鱼。那鱼用来烧了一大碗汤。老正松家的猫走过来吃了地上的鱼骨头，他也难得没有赶它走。猫不会知道人的秘密，而我知道秘密也不敢声张。

我觉得父亲的暴躁大多毫无道理。我甚至觉得老正松并非那么面目可憎。他园子里的那些植物也非常可喜，那些花开放的样子我都一直记得。

大概看见偷鱼得了一碗意外的快活，我不知是为了讨好父亲，或是无意间学了恶习，某天傍晚也做了件荒唐的事情。其时的村庄，除了房前屋后置菜地外，每家还会有一些"十边地"，多是一些种菜的旱地，上规模的菜蔬种在这些边远的地方会更自在。村庄也有自己疏密有致的哲学观念。老正松在自留地里种了一片红萝卜，那种色泽就像洋红一样失真。我见嫁来村里的贵州婆娘拔过那萝卜，并振振有词地说："他吃得，我便吃不得吗？"那天傍晚我便记着这句话，薅了一丛萝卜，匆匆地奔回来向父亲讨好。我知道他喜欢吃糖醋凉拌的萝卜丝，这种吃法很下酒。母亲见了立刻阴下脸来。父亲一脚踢开那些萝卜，伸手就是两记重重的耳光。我讨饶说自己送回去，他全然不顾，扯着嗓子问我哪里偷来的。他好像生怕别人不知道我干了坏事。问清楚后，他命我抱着那把萝卜，自己一手抓小鸡一样，提着我扔到老正松家的门口，让我跪着给人家道歉。

这一次毒打比任何一次责罚都令人沮丧。他日后打得再毒辣，都没有这次令人难堪。我七八岁的时候，为了让我安心剥蚕豆，他将手表给我玩了半天。我看着凳子上表针不紧不慢地走过，可转身回屋望了眼饭锅的工夫，手表就不翼而飞了。那次毒打简直就像上刑。他脱光了我的衣服，绑在门口的树上，用一根细小的柳枝抽得我满身伤痕，并扬言要用盐水浇我的伤口。他大概猜到是谁顺手牵羊拿走了手表。他只是空洞地吼叫着，在庄台上表达威严和愤怒。

他的暴躁当然也会是有道理的。

我被罚跪在邻居门口后，他还意犹未尽，又命我跪在家中大柜下倒扣的碗底上。轻薄的衣衫抵不住碗底的顽固，苦咸的泪水也改变不了他的铁石心肠。他又喝着酒讲完那个偷东西的故事，才默许母亲拉起了瑟瑟发抖的我。那个故事非常简单：一个母亲见孩子偷了东西回来便夸他能干，久而久之孩子成了江洋大盗被捕。临刑前孩子要见母亲一面，一口咬掉了亲娘的乳头，恨她早年不管教自己。这个故事和那顿毒打让我一生不忘，伴着他不绝于耳的暴躁叫骂声。

人们经过家门口，总会丢下一句："喝了点儿酒，人便不做主，又发疯打起孩子来。"

父亲老迈之后，我便离开了村庄，但关于他暴躁脾气的消息仍然不绝于耳。我庆幸自己的逃离。我觉得那个村庄到处都隐含着一种暴躁。或许暴躁是一种无奈的技能，支撑着那些无计可施的日子。

父亲只不过是村庄中的一位父亲。

三荡河两岸的草木都被清除以后，村庄的生计发生了很大的变化。一夜之间，"经营"这个词语突然在南角墩的土地上发了芽。水土被寄予更多的想象力，人们都指望在这片贫瘠的土地上找到新的出路。庄稼被换了品种，耕地被流转，就连那些老实巴交的河流都被承包起来搞养殖。不知道人们什么时候懂得了"效益"这个词语。父亲自然也是坐不住的。别人举家商量并到处张罗着新的生计，他只能一个人琢磨出路。结果他变得更加暴躁，成了生产队里有名的"号头鸭子"。有一年，生产队把最后一片河汊清理了，要发包养鱼。对于父亲这样的"单手人"而言，养鱼是不可能的事情。"单手人"是土语，意指独居的人。其时母亲虽然还在世，但因为她的病痛，"搭把手"是不可能的事情，所以父亲是实际上的"单手人"。村里要用竞标的方法决定承包权。在人们看来他是不会参加的，可他偏偏要凑这个热闹，在开社员会议的时候带头起哄。人们无奈摇头，但那是他的权利。生产队里的会是不能不喊他的，否则他就会拍桌子摔凳子叫骂。他有时明明在外忙碌，但一听说要开会，总要第一个到场。他并不能出什么好主意，但似乎没有他出来喊一嗓子，事情就难以周全。人们摸透了他的脾气，凡事就让他做"当头炮"。这给当生产队长的二叔带来很多麻烦，也生出许多怨气。但父亲似乎总是自觉有威信，只要自己一嗓子炸开来，人们"屁都不敢放一个"。

那次竞标本来底价不高，但被他一轮轮哄抬，最后夺到了承包权。他当场一笑，转手就让给了想养殖的人。为此，他抽到了人家两包大前门香烟。他不弄出点儿风波来似乎总是不安心的。这件事情后来被记者写成了新闻。父亲的名字被记者加了个定语，成了"精于取鱼摸虾的周仁常"。他也不知道这件事情上了《新华日报》，我是在过年前贴在屋里墙面遮灰挡丑的报纸上看见的。

老正松婆娘的去世非常突然。她喝脏水得了恶疾，因为没有重视，很快就殁了。父亲一直看不惯她生前的各种做派。她每隔两天要去乡里的包子店用早茶，吃那种油水很足的大蒸饺。这次回村的路上她口渴得厉害，便用手捧了沟渠里的清水喝。她大概忘记了河水已不再值得信任。她回来之后一病不起。父亲先是颇有些幸灾乐祸，他说："这是自作自受的事情。"可当老人躺在门板上的时候，他突然变了脸色，和众人一起说："好好的一个人，说走就走了。"

我本以为他不会进那扇常关着的院门。可老人一断了气，他就帮着张罗起来。手足无措的老正松对他的安排言听计从。村里人亡了之后需要抬棺扶重，这是一般人不愿意做的事情，多是请鳏夫来做。父亲似乎并不在意，他也不是在乎什么酒饭。他先是跪下来磕了头，然后转身对人们说："人死为大，她是受得起的。"开吊唁席的时候，他又把自家桌凳搬出来抬到隔壁办酒，好像他们之间从来没有过嫌隙。后事处理完了，老正松沪上回来的子女千恩万谢，又拜托他多照顾独居的老父。

后来我的母亲也离了人间，留这两位孤独的老人在空洞的屋舍间周旋。

河水似乎也苍老了。当年码头上的那些石头被尘泥所淹没，早就没有了倔强的劲头。码头成为村庄零落的牙齿，再也咬不动过往那些坚硬的事实。曾经充斥着纷争的村庄，现在也已经失去了气力，决心和时光握手言和。很多码头都坍塌了，人们甚至主动放弃了它们的存在，把河流原本的伤口都抚平。这是一种很平庸的做法。父亲的码头一直还在，可能只是因为那些庞大的石头动弹不得，而它所寓意的人生境况也同样无从一笔勾销。

老正松晚境非常艰难。他沪上的儿子也老病了，难得再回到旧地。很长一段时间，父亲都会不停地扯着嗓子喊老正松。老人已经不能远行，大多数时间坐在屋里的电视机前。父亲怕他突然离开了，总过去看看，好像他们之前有着深厚的感情。他有时还骑着车带老正松去乡里的诊所看病。人们劝他不要多事，万一出了情况说不清楚。他对此总是一笑了之。

老正松的菜地也失去了活力，院子里那些曾经骄傲的树木变得蓬头垢面。父亲看着一切很有些伤感。他突然像忘记了所有往事一样，在老正松的屋子里进进出出。老正松最艰难的时候，他的儿孙们才回到村庄。后人苦守了许多时日，琢磨出一个很奇怪的问题：老头儿的屋子最终留给谁？他们眼见南角墩不远处工业园区已然逼近，土地所出不再是过去多收了三五斗的谷价。有传言说老人要把房产留给自己的弟弟，不过这完全是一件家事。父亲把这事告诉我，我劝他不要多言。他有些着急地反问我："人不要讲点道理吗？"我知道他的意思，他是想着老人的房子应该留给自己的子孙。

在困难的日子里，继承是一个非常艰辛的词语，没有人想继承"老鼠的儿子会打洞"的命运。可是日子稍有一点起色，人们又不安起来，对一切锱铢必较。后来老正松的子孙代他写下一纸所谓遗言，还让垂危的老人按了手印。这相比于村庄苦难的过往而言都算不得什么。如果当时父亲暴躁地训斥那些精于算计的子孙，我倒觉得非常合理，至少村庄依旧有着某种朴素的正义。但父亲老了，他学会了退缩和沉默。一生的暴躁耗尽了心神，他把农民最为迷人的脾性丢了。这些也许不过是我的妄言。当我看着安静的村庄时，深深地感到被丢掉的不仅仅是时光，还有那蛮不讲理的血性。

这种血性也并非村庄的本意，是艰难的日子逼迫着人们跳着脚、扯着嗓子破口大骂而养成的。老正松走的时候，当然由父亲送了他最后一程。他望着那片荒芜的菜地，有些自责地说："吵了一辈子有什么意思？人总要死的，这一切又能归谁呢？"

我不习惯他失去暴躁的样子。我在他面前变得失去耐心，总是指责他的种种不是。他也不说话，继续喝他的酒，根本不屑于我的急躁。他的兄妹们常来看看他，回顾过去那些鸡飞狗跳的日子。我有时会觉得难堪。他们当然比我更懂得那些日子。

他们这样说:"要不是他的暴躁脾气,能在这南角墩站得住脚?"某时父亲不满意起来,又和他的兄妹们争执。他们又笑着说:"大哥哥一辈子也改不了这送命的脾气。"

看来,暴躁对于一个父亲或者所有村庄而言,是一种无奈的策略,是被逼出来的办法。父亲一无所有的时候,只有靠着蛮横抵消自己的无奈。面对绝境的时候,暴躁至少能够引得同情或掩饰无助——无论如何,这是一种迷人的方法。

七　混穷

父亲很有一些具体而有效的生活策略。

他是"尖聪"的，且不像奶奶说的"太阳总要打我门前过"那样消极等待。他觉得"活人嘴里不会长青草"。尽管日子艰难窘迫，他还似蛮牛般一头撞上去。可贫穷就像紧箍咒一样缠绕着他。我见过他艰难的样子，那种憋屈是令人绝望的。

父亲总一个人在村子里踽踽独行。他背着手张望空洞的庄台，好像时刻提防有什么诡计藏在角落里与他对抗。他常常一个人念叨着某个计划，不经意间说得声音很大，但又突然断了声响。这就像他那带着酒味的古怪鼾声，突然到来又戛然而止。鼾声是一个男人去除疲惫的方式，仿佛体内有很多语言无法表达的困苦，尤其在彼时贫乏得荒唐的南角墩。

父亲种过一丛甘蔗，那是他从第十生产队弄来的。第十生产队很偏远，几乎像是一个国家的边陲，轻易没有人去。那个生产队和第一生产队在一起，这也是一种很古怪的排序方式。与其他生产队很不一样，那里种竹子，出甘蔗，还产花生，这些都不是南角墩常见的作物。那里的人还烧窑。窑洞就像是突兀的山头一样，挡住了平原自有的坦荡。那里的一切都是古怪的。甚至连父亲和那里人的交往都被认为是古怪的，好像他里通外国一般。他把甘蔗种带回来埋在地里，不久就长出了茅草一样的瘦弱青苗，不安地在风中晃荡。人们一定暗暗地笑话父亲的痴心妄想，就像不相信他的孩子能长点出息来。父亲也并不在意那些荒凉的生长。它们顽强地拔节向上，比任何庄稼都显得骄傲。

稻子收获了之后的日子，甘蔗的叶子开始渐渐低垂下来，长出一种美妙的绯红色。凉风一起，枯黄就像病痛一样，把秋色逼得无比落寞。父亲终于腾出时间去理会那一丛被认为是异类的甘蔗。他是一直暗自惦记着这丛植物的。他无数次望着他的甘蔗，就像悄悄地看着总难令他满意的儿子。他假装毫不经意地经过，用手捏捏那些瘦弱的秆子——我甚至怀疑他是不是已经悄悄咂摸过秆子的青涩味道。我也经常被他抓着臂膀，好像着急我总是长不大一样。他捏着我胳膊的时候，我感觉一种刻骨铭心的疼痛。我想那些甘蔗一定也会不安与疼痛。

他扛着大锹去，沿着根放倒了那些周旋了几个季节的植物。村里没有专门收割甘蔗的工具，他只能用笨重的大锹去"捣"。"捣"这个字用在锹上，本是对付树的。他捣树的时候也是用蛮力，这样可以掩饰内心的不安——他不知道种下去根苗收获的果子是甜是苦。不过土地总算是没有辜负他的苦心期盼。虽然"甘蔗没有两头甜"，但当他把梢子折下来塞进嘴里，甜蜜立刻就显现在他黝黑的脸上。他手上的锹更加有力，好像要把长在泥里的穷根也捣掉。回村时我跟在后面拖着锹。他扛着那捆甘蔗，像得胜归来。我在他的脚步声中都能听得出得意。收获的消息没有告诉庄邻，他不想与人分享。他把甘蔗剁成段，独自坐在别无他物的桌边喝酒。他把嚼得失水的碎末吐在地上。甘蔗末上沾染着倔强咀嚼使牙间渗出的血迹。

甘蔗"傻甜"，让人觉得那一刻的时光失真。我以后再也没有见过用甘蔗就酒的人。以后父亲虽然又种过一两年，却再也没有用它就酒。那些甘蔗留了种，但后来就长不出精气神，最终消失在三荡河畔。我再没吃过那么甜的甘蔗。它对于父亲的人生似乎有一种颇为古怪的隐喻，也确实温暖过我们的口腹。这对于父亲来说又是一种象征——他总是琢磨干些不一样的营生。人们说他"怪古",不仅是普通的古怪,而且是一种出奇而执拗的脾性,是令人心疼的"尖聪"。

后来他又不知道从哪里弄来两棵桃树,种在屋后茅缸的两侧。村子里本也有桃树的,是那种野蛮往上长的"秋桃",果实瘦弱酸涩,并不受人待见。桃花是异常绚烂的,可无人问津。村庄永远只关注庄稼,美是一种负担或者罪过,譬如"桃花运"就令人警惕。秋桃长势野蛮,很像男人们的性格,满身的气力张扬,但没有什么巧思,就一个劲蛮横地生长。一样的花开花落,最后得到的却是几枚落寞的果子。瘦小的果子熟了,皮毛上看不出详情,就像一个总是阴着脸的人,只有贴着果核的果肉内里有一种很诡异的红。这种桃肉是"离核"的,桃核上不沾一点儿果肉,常被刻出各种各样的形状挂在孩子的手腕上。说到底,这种果树在村庄里无足轻重,人们对它没什么希望,更谈不上有什么失望。它自己有股蛮劲,偏要像模像样地生长,最后结出一树不如人意的果子,这就很像父亲——或者说是村庄里很多父亲的脾性和经历。

父亲弄来的两棵树又很不一样,这就引起了人们的疑惑。这两棵树是横枝往侧面生长的,很快就长得很壮观,一二年就开花结果了。春雨浇灭了花朵，满地伤感的碎瓣——那种浅粉的色泽，一看就与秋桃艳丽的红不一样。这些外来的花有心计和情绪，不像村妇般的花朵那样蠢笨无心。花落了，稚嫩的果子就迫不及待地长起来，似是要与时间赛跑，在麦收时梅雨到来间就满脸红晕。这种在"莳梅天"熟透的桃子叫"莳桃"。父亲站在树前满脸喜悦，好像此景比一季麦子丰收更令人得意。他摘下一枚桃子，显出难得的细致——将那果子在身上擦了擦，一口下去满是鲜甜的汁水，从笑脸上溢出来。而后他又用帽子装了一些，带着放在割麦的田头。他要让所有人都知道这些鲜甜的事实。

他几次去乡里水果贩子那里打听桃子的行情，但得到的都是并不理想的答复。这样的桃子放不了几日，只能自己"杀馋"而已——哪里有人愿意出闲钱去买桃呢？好像只有苹果才是正经水果，至于不多见的香蕉，人们也难得考虑。人们没有闲情去吃什么水果。要想"杀渴"的话，大河里水多的是。至于骗骗孩子"杀馋"，那些散漫的树上自有一些瘦弱的心思。父亲满树的鲜桃竟然没有人待见，这让他很有些不甘心。他买了两只篓子挂在自行车后面，去周边的村庄兜售——他不好意思去集市，总觉得自己不该像生意人那么算计。那几天暮色里，他带着所剩晒得有些干瘪又被颠出伤疤的桃子回来，那模样就像他脸上的不满。他也不多说什么，坐下来就自己啃。那几年我吃了很多鲜美的桃。这当然并不能成为一种像样的营生。况且十来天时间一过，树上就会寥落起来，只留下苍翠的树叶和默默蹲在树上的虫子。他算一算卖桃的钱，买了些烟酒，又还了陈年赊两把镰刀的旧债，已然所剩无几。父亲厌恶那些假意"帮衬"他的人——有人赊账拿了几斤桃子，最终没有给一分钱。

那年春天桃花又开起来，一个孕妇来看了花事。她是外地嫁来的姑娘，不知道为什么对这些花感兴趣。父亲的脸色一下子阴沉起来。旧说孕妇碰了桃花，树上会三年不挂果子。那一年桃花落尽，树上真的只留下一片翠绿的叶子。他很泄气，也不再去搭理空洞的枝叶。过去入冬的时候，他总要用石灰水刷树，又在树根不远处挖坑埋足粪肥。从此那两棵树连花也懒得开了，最终在一场大水中被淹死。秋后农闲的时候，父亲锯掉了那两棵虬枝横陈的桃树，全部剁成柴火码放整齐。他似乎仍不解恨，又花了三天时间用他那捣甘蔗的大锹将树根刨了，最终只留下屋后两个深深的坑塘和自己手上被磨出的水泡。

他这样顽固，还是想挖掉穷根。

此时村庄依旧是老实巴交的，似乎"富裕"在人们心里并不是一个正派的词语。人们害怕有人发点儿小财，也不敢相信自己可以有点儿财运。农人只觉得种庄稼是正经事情，好日子似乎只能是别人的。如果有人去了城里得了些好光景，就要被人们怀疑——一定是"不学好"。他们宁愿看到僵硬的土地了无生机，看着无尽的河水空洞流过，看尽一树繁花落寞散去，都不愿意相信，除了稻麦之外，田野还可以有其他的生计。过去人们也是摸着石头想过河的，奈何平原的河里没有石头。他们种过棉花、薄荷甚至北方来的玉米，但最终觉得手上没有一碗米饭，心里是不踏实的。人们只把父亲的折腾当作笑柄。他和自己四弟有过很多打算，最终都被认定为"作怪"。

四叔是见过一些世面的。他是父亲兄妹七个中年龄最小的，也是唯一的手艺人。二叔本也是种地的，但后来当起生产队队长，这让兄弟们觉得很隔膜。三叔也种地，其间开过几年商店，终于因为生意艰难而作罢。父亲的几个妹妹嫁作人妇，过上还算是安生的日子。四叔从小就不愿意种地，他觉得"捧牛屁股"的生计没有出头之日，就拜师父学了三年瓦匠，继而出去打工了。他去安徽做手艺，带回了山沟里的四婶，又死守在村庄里。

安徽人很会种西瓜。父亲和四叔琢磨着一起将粮田改种西瓜。这事情传出来，人们就总是笑。他们都不相信这该死的泥土里能长出什么甜果子。但兄弟二人挖空了心思，要让这块贫瘠的土地给个交代。这块地是拈阄得来的低洼地。生产队每隔三年都要重新分地。人们用盘尺一块块地丈量，好像能够量出新长出来的泥土。田地就像人们的日子，也有肥瘦与贫富之别。有些地总是保持倔强的性格，任凭人们使尽力气也长不出一棵像样的苗。父亲得了这块地有些宿命的意味。他恨自己手指上没有长眼睛。年前他把地里上足了肥料，就像他喝足了酒水，没有人再敢有一句非议。

种子是央人从安徽捎回来的。他拿到种子的时候，一个劲儿地摇动那铁质包装盒。种子似乎焦躁地呼之欲出。他每天都守着育苗的大棚，每一点变化都让他欣喜万分。他其实并没有半点耐心，只是忍受着植物生长的按部就班。瓜秧在斑鸠反复的叫声中被移植到麦收后的田地里。父亲专门放了线，一路笔直地排布下去，显得很庄重。瓜藤开始铺陈的时候，黄色的小花跟着不断盛开。他摸摸那些鲜嫩的叶片，脸上神情和当年巴望着桃树结果时完全一样。

在人们眼里，父亲和四叔就是想发财而做"怪古"。这在当时的村庄是一件很"危险"的事情。人们并非不愿意得到财富，但祖祖辈辈的辛劳豢养出一种顽固的自卑心理。他们觉得面朝黄土背朝天的日常是理所应当的，吃苦才是农民应有的样子。他们不敢相信自己会过上好日子，更害怕别人一夜暴富。当邻人脸上突然有些喜色，哪怕是田里的庄稼多长了几寸，人们就不安起来，琢磨着邻人一定是用了某种不正经的手段。人家的女儿穿了一件颜色艳丽的衣服，都要被认为是"不学好"而得来的。所谓"不学好"，大概就是没有按照艰苦的路数去生活罢了。只有别人的日子过得艰难，他们才显示出一种无比的耐心和善意，哪怕是卖鸡蛋凑两个钱也要伸手出把力的——这是一种古怪的"帮穷"心理。当然这些心理也是艰难的现实逼迫出来的。朴素和坚韧大抵未必是人的本色，多是具体的实际所催生出来的。弊端和风骨多只一念之差。

种西瓜的父亲既可以被认为是苦心经营，也可以被说成是投机取巧。他本可以安心种地，土地所出基本是可靠的，除非某些年份的气象要恶意对付村庄。父亲虽不愿意苦守眼前的日子，但也并非到了要背叛土地的程度。他没有这种决心。村里也有抛荒的土地。那些被当作不肖子孙的出走者，连屋舍都荒废了。他们开着车子回来时，说话的腔调都不正经了，这才不像农民的样子。

天还没有亮透，父亲就猛然坐起来，下床穿上那双还没有休息好的布鞋。鞋子也奔波得满身倦意，恢复不了舒展的样子。他来不及洗漱就先下地去，在满是露水的田地里走过，好像要把所有的瓜都数清楚了。拳头大的瓜安卧在藤蔓边，像一个个标点符号，把一篇土地上的文章标注得清清楚楚。他又在田头搭了棚子睡觉，这样心里更踏实。他将那把离开三荡河树林后就尘封锅屋的鱼叉找出来，磨出锋芒毕露的寒光，提在手上从庄台走过，就像提着凶残的屠刀。虽然人们知道这和他的大嗓门一样不过徒有其表，但也会觉得孤拐上一阵寒意——那鱼叉似乎已经戳到了皮肉上。

父亲打着呼噜在田头的窝棚里鼾睡。热风吹过的土地上，升出一种浩荡的古意。

父亲有一架板车，长年空置在角落里。夏天的午后，他会躺上去在后门的穿堂风中睡觉。板车是大件农具，一般人家都借着用。父亲受不了别人的脸色，硬是请木匠打了一架板车。地里也没有多少庄稼需要转运，但这对他来说是十足的体面。这就像那车板上涂了一层层桐油，是卑微而顽固的虚荣表情。这又何尝不是土地的表情？生长了无数岁月的水稻土，饱含着深刻的艰辛，从来没有奢望过长出意外的果实，认命一般默默地忍受时光的煎熬。即便是那些日子里长出了令人惊讶的西瓜，似乎也寓意不了圆满。父亲一遍遍地巡查着墩在垡头上的果实。凌乱的泥土吐露着父亲的暴躁和不安。他只能安慰自己而念叨："歪瓜裂萝卜。"

满地的垡头虽顽固但倒也争气，把西瓜养得个大腰圆。父亲不时地去敲敲那西瓜，好像里面藏满了惊人的消息。雷雨前，他把板车的轮胎打足了气，雨后拖着满车的西瓜串乡去叫卖。我不愿意和他一起去，总羞愧地觉得自己像一条贫穷的尾巴。他眼神里满是怨恨——他指望我去帮他算账，也可以让别人看看他养的孩子和西瓜。因为邻近的村庄熟人多，他害怕有人还价甚至白要的，便拉着车去更远的东角墩去。他用瓷杯带着饭菜，好像也不在意无酒可喝，弓着身子一个劲儿地往前赶路。父亲有浑身的力气，但没有做生意的耐心。他总是不满于别人的计较。瓜果在村庄里并不像肉食那般紧需，农人家多少也有一些长在角落里的歪瓜裂枣。有人来过问贵贱，更像是可怜他的辛苦，但又不那么决意一定要买。于是便一个个地敲着瓜，想想又舍不得，作罢而去。又有人不断地挑着，最后犹豫不决地拿了一个并不周正的——其实他们未必懂得如何辨识好坏。父亲也不说话，只听别人嘴上计较着，又恐怕生意黄了，赶紧拿个小的做添头。见人走了，他说："这瓜戾拿了个生瓜蛋子。"他由此教我做人不要刁钻，十分算计未必真能占到半点便宜。他说："能站在你面前的人，一定不会比你高明多少，但也一定不会比你'矮'多少。"又说在一起的人大多都是同类，只不过高矮胖瘦不同而已。你认为他是呆子，你自己可能才是笨蛋，即便他真是呆子——呆子发了性，尖子不得命。他难得有耐心同我讲这么多话，可能只是因为乡间路上太无聊。好像人们听到叫卖都躲起来，因为口袋里实在是羞涩的。这和父亲听见卖肉的远远吆喝而来，就踢着地上的碎泥走开是一个道理。

生计到底是艰难的。到了瓜大批成熟的时候，外地西瓜也蜂拥进了村庄。卖瓜的开着船进了内河来。田里的西瓜就像本地人一样，自以为是，却少有人过问。那些便宜的瓜从东台或者更远的安徽运来，价格要比埋猪粪培育的本地瓜便宜。尽管父亲强调自己种的瓜新鲜傻甜，但那些藤蔓干枯的外地瓜还是占尽了先机。他的瓜像危险的地雷一样，不断地在田里默默地炸裂。我在溽热的地里发现了这个惊人的消息，就像盘旋在瓜上裂缝间的蚂蚁一样焦躁不安。那些闻讯赶来的蚂蚁，被炸裂流淌的汁水裹挟，犹如人们身上沾满黏腻的汗水，带着挥之不去的茫然无助。我赤着脚在田地里奔走。残余的麦秸扎得脚掌生疼。我心里满是焦急和恐惧，全然不顾土地给我带来的痛。

父亲躺在后门阴凉处的椅子上。这是一把从宝应人船上买来的藤椅，非常轻巧舒适。多病的母亲常躺在上面，父亲轻易就能连着椅子一起搬出屋子去。母亲有很多时光都是瘫坐在这把椅子上，无助地望着岁月中荒芜的一切。后来病重的二舅也在这把椅子上躺过一些时日，瘦骨嶙峋地与病疾纠缠。现在，父亲躺在上面酣睡着，带着酒味的鼾声令人愤怒。我跺着脚吵醒了他。他掸了掸落在汗衫上的苍蝇——那破布上有好几个窟窿，苍蝇们像在捉弄他一样，专门伺机叮咬洞眼处的皮肉。显而易见，他的心里立刻升腾起怒火。我不知道如何能突然爆发出巨大的勇气，朝他吼叫起来："还在挺长尸，水都漫过八亩田了！"平原上俗语谓睡觉为挺尸，而骂人死去为"挺长尸"。

我日后很多年想起来这个场景，都有潸然泪下的冲动。我和父亲吵过很多架，这大概是第一次，也是最忤逆的一次。我口不择言地说出这样的话，没有经过认真的编排。我感受到一种绝望的愤怒，并不只是因为父亲。我赤脚从地里一路奔回来，大地的震动反弹到瘦弱的身体里，我感觉到那一刻全世界都在捉弄和嘲笑着我，村庄里的一切都像是在看热闹说风凉话。我吼出这些话之后，脑子里一片空白，看见有人从门前匆匆走过。

他一定听到了我对父亲无礼的叫喊——这个村庄里，能这样对父亲喊叫的人，在爷爷去世后就没有出现过。我也害怕父亲的毒打，但无尽的绝望让我心里充满愤怒。

然而父亲并没有说什么，只是理了理自己凌乱的头发，又抹了一把疲惫的脸，冷冷地丢下几个字："儿老子，你狠。"他说完，好像我并不存在一样，光着脚转身晃荡到村里的路上去了。夏天的村庄热烈而空洞。万物似乎都想躲藏起来。杉木上落下的树阴，就像闲言碎语一样令人厌恶。闲言和树阴是一样的，你明白它的嘲讽意味却又无言以对。

那天傍晚下了一场大雨，就像父亲在宣泄胸中的愤懑。西瓜地失去了希望。满地裂瓜像醉酒后吐出的秽物，将黢黑的泥土沾染出一败涂地的形势。母亲默默地背着篮子，把那些被雨水砸烂的瓜瓤运回来，倒在污水四溢的猪圈里。猪大概也没有想到会吃上这么奢侈的食物。只过几日，它们变得矫情和挑剔起来，对于没有红瓤的瓜皮不再理会。

那些日子里，我们吃西瓜都用脸盆装，还用砂糖拌上，却也没有尝到父亲所说的"傻甜"。熬到秋后，地里只剩下零零落落的拉藤瓜。立秋这天是一定要吃西瓜的，那几日西瓜的行情陡然好了一些。但过了这个日子，人们就说西瓜变凉了，为不买西瓜找到了充分的理由。可是那稀疏的瓜藤却在秋后长得浑身是力气，竟然还抽出新叶开出花来。看守瓜田的棚子已经被一季夏风吹得歪歪斜斜。父亲看着田里的场景，像面对一段无可奈何的笑话。更令人灰心的事情是，往日只吃粗糠和构树叶的猪，因为吃多了西瓜长出了三担的重量。这并不是什么可喜的事情。几个收猪的人来看了都直摇头，那猪膘实在太大，卖不出去。父亲一气之下，把它养到冬至未至，就找来村里的屠夫给宰了。那一个冬天桌上的碗里，全都是油晃晃的肥白。这也像个尴尬的笑话。

这一年冬天，村里出了件大事。一开始这事也像是个笑话。虽然种西瓜收成不好，但四叔和父亲盘点下来也并没有比旁人家种粮食亏多少。四叔由此仍然坚信种死田是没有希望的。他比父亲更"怪古"，咬着牙有了新打算。彼时的村庄只听说外村有农户养"四大家鱼"，也有少数养甲鱼或者鳜鱼的。按照祖祖辈辈的规矩，南角墩只能是种地的——周边聚居在高墩上的村庄有东南西北四个：南角墩种田，北角墩卖盐，东角墩放鸭，西角墩养虾。祖宗的规矩恪守了多年，一定有他们的道理，当然是不能打破的律条。况且此前无论薄荷、棉花还是西瓜的失利，已经证实了南角墩的土地只能种粮，且只能是老实巴交的稻麦两季。

四叔越过三荡河去到北岸远处，带回来一种叫作罗氏沼虾的新物种。父亲在三荡河护林时住的棚子已经破落，架嚯的毛竹也已经朽坏发黑。它茕茕孑立在草木之中，就像是失去了旗帜的旗杆，记录着也曾精神抖擞的一次失败历程。北岸向北便是北角墩。这个地方还有一个奇怪的名字叫"郭侉厍"，聚居着一众郭姓人家。这个地方并不全是卖盐的，只是因为靠着集镇，种地之余做点零敲碎打的生意。这大概也被认为是离经叛道的事情，所以这里人被认为是"侉"的——侉是个奇怪的字，不仅指蛮横，还有异类的意思。这个地方的人到底不安分，他们把庄稼地围了堰，养起了一种名称古怪的虾。据说这虾来自南洋，还有说是来自东洋，反正从它古怪的名字也听得出"侉"意。

罗氏沼虾养殖过程非常繁复。虾农要远去浙江买回种苗，在大棚里用锅炉烧出恒温的水流养到五月，大苗才放进水塘中去。本地人并不吃这种虾，长成了用网捕出，连夜运到江南去卖。这种繁复和辛苦村里人以前没有见识过。人们觉得等待庄稼草木的生长已经万分艰难，偶尔在三荡河里浑水摸鱼已是外快，土地或河流怎么可能长得出外国品种呢？

养虾一事在南角墩第五生产队引起轩然大波。南角墩有十个生产队，三荡河边的第五生产队是最不安生的。这个生产队的几十户人家，被公认是"作怪"的。父亲兄弟四个便是人们眼中的典型。这里的人家几乎都是冯姓，盘根错节的宗族关系让外人"水都泼不进去"。二叔凭着酒量做到了生产队队长，也是一个外姓的微末荣誉。他脾气也出名的倔强，但会算账，又有些策略——村庄里其实也没有什么深明大义的道理，"一碗水端平"就是最有效的办法。四叔与二叔商量"开塘"的事情——打算给土地"开膛破肚"，学外村养虾。这时候一亩水面虽然只产出百十来斤虾，但按照市价计算，比起种庄稼着实让人动心。对于辛苦，人们并不畏惧，害怕的是"到头来一场空"的结局，况且口粮是比钱财更要命的事情。如果地里不长庄稼又没有收入买米，日子就会一筹莫展。

土地流转所得预付的租金远远高于种粮收入，可人们十分慌张，甚至认为这是一种"阴谋"。生产队开了几次会，吵得不可开交，最终是二叔一拍桌子做出了决定。定金押在大队会计的手上，人们心里还是惴惴不安。

土地从来没有如此慌神。在最荒芜的年份，村庄也没有过如此纠结的情绪。人们认定了土地的一切都是由气象和苦力决定的，额外的努力就是"作怪"。人们认命地觉得一切都是"靠菩萨靠天"的事情。实际的苦难不会引起震荡或者抵抗，最悲情的结局也不过就是默默地离去。可即将到来的改变在人们内心引发了风波。那些顽固者如老根子，认定了即使还可以种地，留给他的口粮田也没有少，土地流转依旧是充满敌意和阴谋。从北方请来的挖土机停在三荡河边，那野蛮的履带就像碾压土地带来战火的侵略者，满脸邪恶地张望着土地。

过去的这个时节，秋后的地里本该是一片油绿的麦子。

种地虽然是勉强饱腹的生计，但也有诗情画意。它是一种仪式，也是一种没有结果的艺术——谷子并不是艺术的结果，但庄稼的成长在人们的目光里充满着艺术性。麦种是夏收时留下来的，农人用筛子仔细选过，一粒粒精神饱满。彼时并没有外来的高产品种，种子的瘦弱与贫穷一辈辈遗传下来。它们也祖祖辈辈地晒着滚烫的阳光，与父亲的肤色一样深沉。父亲的手插进麦堆里，拈几粒麦子放嘴里嚼碎，口舌间蹦出干燥的脆响。他把剩余的麦子撒回去，拍拍手上的灰尘，眼睛里全是笃定的满意。在收藏这些种子的时候，他又摘了楝树的叶子塞进去。这种古怪的味道能够抵挡虫子的邪魅。

秋后，土地在几日短暂消闲中喘息休整。父亲数出一百粒麦种，用浸湿的草纸覆盖在盘子里，等待着播种前关于出芽率的秘密。几天后，他又逐一数着悄然出现的芽头，那是来年土地里一季希望的消息。他把盘子庄重地放在堂屋的大柜上，就像进行一次庄重的祭祀。当然，耕种一定是土地上最重要的仪式。那些发芽后的种子被他倒在屋后的地里，来年同样可以从那里见到成熟的喜悦。暴躁的父亲每次做这些细巧事情时，都让人有一种艺术的感觉，更何况庄稼珍贵的拔节和生长呢？

但这一切，因为挖掘机的到来而改变。

土地就像被判了零分的卷子，空荡荡地在村庄后身坦陈着。父母似乎也并没有对孩子的成绩有什么奢望，就像他们从来并不会对土地有过分的要求。但空荡荡的一切确实也映照出一种令人伤感的情绪——为什么一直种庄稼的地方，从此要失去原有的生计呢？这个问题无人能解答，人们已没有什么心思再去过问。村庄又经历了最激烈的对抗——据说是老根子夜里偷偷下手，在挖掘机的烟囱里塞了细碎的石子。那侉子急红了脸，修了半天后骂到村子里来，却又被二叔骂了回去。据说后来有人送了烟给老根子，他从此便偃旗息鼓。有人说这是二叔的安排，一切都不得而知。

土地再次被分割成许多单元，成为编号写在纸上，折起来放进桌面的碗里，成为决定命运的"阄"。这些土地本就是装在碗里的，过去分田的时候也这样干。这次颇有些悲壮的意味，好像来瓜分这些塘口的是土匪列强。四叔自然是要带头报名的，父亲一定也要去凑热闹。他根本就不会真去养殖。他连一个像样的帮手都没有，更不要说有什么本钱，但依旧是过去的脾气——此乃不可以放弃的权利。做这种事情，他偏偏运气就好，于是照例把拈到的塘口转给了别家，自己满意地燃了烟，拍拍屁股上的灰尘走了。

村庄从此发生了很多改变。养殖的形势一年年好起来，只是庄台上变得冷清了。大多数人在塘口边的棚子里住下，只有春节的时候回村庄住几天。那些曾经被炫耀过的楼房成了空巢留守者，与一些老迈并最终要离去的人们，守护着最后几块倔强的庄稼地。父亲也成了一名老人，但始终没有成为一位养殖户。那些曾经反对养殖的人们，成了塘口的雇工。他们每天忙忙碌碌，心满意足地得些工钱。父亲对此非常不屑，他有自己的生计，重新拾起了放鸭的"舞把"，赶着一群鸭子早出晚归。这些鸭子让村庄残存一些生机，而他的日子已经无人关注。塘口里漂满藻类的浑水，给村庄带来了巨大变化。有人把子孙送到城里读书，还在城里买了房子。他们对城里昂贵的一切都不会皱眉头。从那些年起，城里突然多了一种人群，叫作"养虾子的"——他们就像阔绰的农场主，塘口数量决定了其脸色和嗓门儿。

父亲守着鸭子在河里来来去去。他老了之后，依旧对眼前的物事不屑一顾，保持着一辈子的"怪古"。他的鸭子也有了些名气。每年清明前后到端午期间，不断有人来打听鸭蛋。他还专门做了很精致的盒子，装那些泥灰包裹腌成的咸鸭蛋。他把自己的电话号码写在墙上，这样人们就容易找到四处游荡的他。河流不曾改变，河水依旧汤汤，鸭子照样扑腾聒噪，这是一种令人动情的坚守。

八　作乐

　　我好像不曾见过村庄有像样的笑容。日子总是无尽艰辛或平淡，难得有敲锣打鼓的情景。即使有些热闹，也总是令人不安。快活这个词好像就不应该是用来形容村庄。人们甚至要隐瞒不可多得的好日子。对于炫耀的人，有一个不屑的称谓，作"斗米富"。更多的时候，人们是强作欢颜。如果真遇幸事，却又常喜极而泣。悲欢竟然如此难以自主与无从明示。人们不擅长开怀大笑，然而也并非毫无幽默感。他们颇有苦中作乐的本事，不然太过无奈的日子难以应付。

　　父亲称那些幽默为"促狭"，促狭的人是"促狭佬"。他也是有些促狭的人。父亲的促狭更多的是一种乐观主义，并不单是为了幽默或者捉弄他人而增添快活，多是为了抵消日子的荒唐。他也会偷东西的，这当然绝非善事。那些罪过是苦涩的，有一种嚼不尽的滋味，咬在倔强的牙齿上。

梅雨往往从麦收间就潜入平原。连绵的雨在空中不断地飘洒着，形成了一段"水连天，水连地"的日常，成为母亲嘴里无尽的抱怨。雨水似乎并不在意人们的情绪，它有自己顽固的思路。河流已经不堪重负，连草木都已战战兢兢，像被灌酒一样无从抗拒。人们在抢收之后，开始对付横流的雨水。雨披本来可以遮挡一些雨水，但时间一长，坚固的塑料也被渗透了。鸡鸭们的羽毛也难以抵挡水的侵袭，整个村庄都像落汤鸡般沮丧。鸡纷纷跳上桃树去，似乎这样就能无忧。树叶下的桃子已然落到孩子们的肚子里。碧绿的树叶被雨水洗濯得清亮动人，那些失魂落魄的鸡，就像被忘记收获的果子，在树叶间影影绰绰，显得了无生气。这些自由奔走的禽鸟，晚间本都有各自的窝舍。它们白天大多数时间都混杂在一起，心里却都有明确的领地和界限。

男人们在村南面草荡圩忙到天黑。太阳就像被大雨浇灭了一样。万物在夏季生出许多凉意。草荡圩是南角墩南部的界限，这里有一处水面广阔的草荡，我甚至觉得它像是一个大湖。草荡里长满了芦苇，但并不能抵挡雨水的泛滥，岌岌可危的圩埂好像随时都会瘫痪。如果大水南来涌进村庄，庄稼和屋舍就只能成为沉没的树叶。人们用尽了办法给大堤打上补丁，虽然针脚歪歪斜斜，但都是一手一脚卖力缝上的。父亲走在后面，悄悄拽了拽黎先生的衣服——这位兽医先生立刻就明白了，故意和他一起慢慢在回村的人群中掉了队。他们大概一早就瞄准了那些树上的鸡。黑暗里的鸡缄口不言，脖子被父亲紧紧勒住。

可以想象这只鸡是焦躁而惶恐的。父亲他们则是喜悦的，如果不是黑夜，一定能看到他们脸上的光芒。他们没有给那只小公鸡任何善意，回到屋子里就用菜刀割了它的喉咙。血滴在碗里，慢慢与水和油盐在晃动中融合。又有血溅在地上，发出令人不安的声响。父亲拔了一根羽毛，在等着血流下的碗里搅拌一下，就像他掌着撑船的竹篙，在混浊的水里试了试深浅。鸡被缚住头翅，扔在厨房角落的柴草旁。帮着烧水的母亲是他们的"共犯"。家里实在没有干燥的柴火，父亲狠心倒了火油在木棍上引燃。空气里洋溢着迫切而诡异的味道。

鸡从树梢掉进到锅里，就像一片树叶落到水面那么简单。小公鸡易于熟烂，只需一把盐就咸鲜无比。在等待的当口，黎先生去小店摸回来两瓶"粮食白"，还有一包已经回软的椒盐

154

蚕豆，并"顺便"叫来了大零蛋。这是父亲的主意——锅里的鸡正是他家屋后树上掳来的。现在这只鸡成了一堆肉，就再也不属于那棵树了。大零蛋是个瓦匠。他不识数，扒着手指也算不明白账，人们便叫他"大零蛋"。黎先生喊他来喝酒，他很有些不过意，一直搓着手吸着气说："这小公鸡是补人的，孩子咳嗽的时候要多喝汤。"不知道他这些古怪的话是什么意思，或许只是为了掩饰难为情。他是知道丑的。他并不真呆，只是笨拙而已。

汤开了两滚之后，父亲便把清甜的瓠子倒下去。再烧一滚，乳白的鸡汤让人垂涎三尺。酒是用碗倒的。菜就一个，用小盆装起来墩在桌上——母亲给我单留了鸡腿和几块鸡血，自是极好的。父亲他们喝酒，几口辣水下肚，声音就大起来，一晚上的"神秘"气氛被酒意扰动。大零蛋有个癖好：喜欢吃鸡屁股。他们前村的那十几户人家，多有奇怪癖好的人。他的叔叔大佬倌喜欢吃劁猪的秽物，大佬倌的弟弟"黑鱼"又喜欢吃那种不挑骚筋的腰花——这个地方的人名字和行为都怪异。

这里的人"人色"也不好，会偷人。

大零蛋日后又被请来吃过几次鸡屁股。他第二次走的时候，醉眼蒙眬地说："下次我不来了，总是吃'白大'心里过意不去。"黎先生悠悠地说："吃一年不过长一岁，屁眼上又不会钉桩。"这本是句负气的话，意思吃再多也是穿肠而过。大零蛋因为喝了酒，心里的率真蹦了出来："总是伸嘴吃别人的也不好。"黎先生便不屑地回他："下次你家的鸡捉一只来就是。"大零蛋立刻紧张起来说："我那婆娘你们还不知道？就是一根鸡毛也不要想拔。"这话惹得大家一起笑起来。大零蛋似乎又失了面子，突然压低了声音："三要不抵一偷。村里的鸡到处跑，偷一只也不难。"父亲故意阴着脸说："偷鸡摸狗的事情总不正当。"大零蛋抹了抹嘴说："什么不正当？他吃得我便吃得，都是在泥地上走的。"说完他就歪歪斜斜出门而去。那门被带上的时候，发出了古怪的声响，而他脚下踩着的都似是正义凛然。

黎先生这个人看起来斯文，但内里是有些急躁的。他竟然说："不如'大扫芦花鸡'，把那鸡全吃了，省得一次次提心吊胆。黄仙子（黄鼠狼）偷鸡——越偷越稀，这事情迟早会被发现的。"可在这件事情上，父亲倒是比他要理智一点，和他讲道理："偷鸡留一只，摸狗三步倒。鸡要是一次全偷走了，主人听不到动静，就会起疑心的。"他这一点促狭，黎先生真心佩服。可是天气好起来，鸡也不愿意上树了。大零蛋似乎也没有搞清楚过自家鸡的数量。他的婆娘追问起来，他就说大概是被黄仙子吃了。婆娘一听这话，赶紧让他闭嘴——人们平素是不能轻易提黄仙子名讳的。可大零蛋偏偏不信邪，说到父亲面前来。他说："一定是黄仙子吃了鸡。我总是见那家伙在路边奔过。你看看，还是你们吃在肚子里踏实，不然被拖走了一根毛也见不着。"他笑得憨憨的，手还不时挠挠后脑勺，那种质朴让人觉得像刺眼的阳光一样难以直视。父亲大概也有愧疚的，待他走了之后摇摇头，又诡异地冷笑了一声。人们都说父亲促狭，他却不以为然。他做的鸡汤味道极好，连那汤里的瓜菜都糯烂可口，但我和母亲一样总是惴惴不安。她并不敢阻止他，生活艰难的事实大家心知肚明，好像人们已经忘记还要分辨好坏。

母亲觉得，父亲促狭的举动给家里带来的恶果，就是后来几乎把他逼到绝境的死鸭事件。他所有的鸭子被人投毒而亡，这让本来捉襟见肘的日子雪上加霜。他像一头老牛般悲情地哀号。这件事和他伙同黎先生偷鸡并没有什么联系，但母亲后来一直念叨这是报应。父亲倔强地认为那只是谋害。他大概也知道是谁干了如此歹毒的事情。不久，他干起了报复的事情，趁着夜色将某人家散养的十几只鸭子全部掳了回来，进门便杀了两只，剩下的全塞在床肚里。那些鸭子在幽暗的床底拼命地叫喊着，我听见父亲在黑夜里面咬着牙说："再叫，就一起带刀！"

那样的夜晚，我非常慌张，满心的恐惧和不安，我知道他是在愤恨，像报复整个村庄一样。从那时起，我就明白了村庄并不全像人们说的那样安静而简单，它同样是一个慌乱不安的世界，尽管那时我还没有去过城市。

这些事情不再促狭而可笑，充满令人心疼与惊恐的诡异意味。那个失去鸭子的人家竟然没有声张，看来也做贼心虚。父亲用大铁锅将两只鸭子煨好了，汤面上浮着厚实的油水，整个冬天好像都是油晃晃的。床下的鸭子后来都被杀了，腌在了海盐水里。父亲把鸭毛挂在门口的网袋里，等着邻队的"麻大猪"来收。麻大猪是个光棍儿，脸上满是幼时得天花留下的麻子，属猪的他就得了这个诨名。他可是个讲究人，穿着雪白的衬衫，领子总是一丝不苟。他串乡收鹅毛鸭毛，去城里换点儿钱度日。他也是很促狭的：把收回来的鹅毛鸭毛分开晒干，然后用白色的鸡毛充鹅毛。父亲讲起他的促狭事，说他的衬衫都是假的——用白色的假领子装点门面，里面是败絮其中的旧衣服。我在浴室见过他换衣服的样子，确实是白色的假领子。他的钱多被邻居家的女人骗去了，这是人尽皆知的事情。有一次他被女人的婆婆撞见，而后在一阵叫喊中被人拿扁担追着打。打完了，这家人还不罢休。父亲就去做和事佬。麻大猪幽幽地说："地里长一田粮食，不在乎麻雀吃点儿稻；家里有个媳妇，不在乎邻居睡点儿觉。"

那老妇本是一肚子怨气，听了这促狭话，便骂起短命鬼来，骂着骂着又笑起来。日子就是这么无奈的。这老妇眼睛不怎么灵光，大家都喊她"天不亮"。她眯着眼睛，好像总是睡不醒的样子。老人在家里做些杂务都是摸着墙走，看个东西要凑近到眼前来。她骂完了那短命的麻大猪，摸索着回屋子里做饭去了。父亲在外面撺掇麻子去做点儿促狭事报复，让她那儿媳妇回来好好地数落她。麻大猪挨了打、受了气，听了父亲的挑唆，就真去搞起了恶作剧。老人本把米放在锅边，听见水响，就把米摸索着倒进去，又摸到屋后捡柴火。麻大猪悄悄地把生米捞了出来，倒进了烧水的汤罐里。晚上回来开饭时，媳妇掀开锅盖来一看，满锅浑水，再看看那汤罐里尽是米汤翻滚，婆媳俩又骂成一团。父亲和麻大猪算好了时间来看"好戏"。听到屋子里面吵骂，父亲在外面说："这多亏了你邻居亲家公帮忙。"麻大猪被当场揭穿，说话都变得结巴起来，直骂父亲："你这个'促狭佬'，总是失火烧别人房子。"

那女人跑出来骂道："你也是'呆头鹅'，人家偷牛你帮着拔桩，怪得了谁呢？"

父亲听说这话，又追加一句："牛拴在桩上也是老，婆娘放在家里长荒草……"

那时候见他们闹这些恶作剧，我总觉得心惊胆战，怕他们急了打起来。及至后来这些人一个个离开了，这种种古怪的情绪仍在我心里盘旋。这并不是什么幽默，是一种令人不安的苦中作乐。若不是这些苦涩的快活，那么困苦的日子是否真的无以为继呢？男人们的这种促狭当然也是有某种恶念的。这种恶念并非为谋求具体的收获，却也能抵消一些生活的恶意。

生活也常常对人们下死手。尽管土地总是默默无语，但它决意残酷对待村庄的铁石心肠，就像头顶上暴躁的阳光一样毒辣——它要人们以它为命，也随时会收回成命。男人们的促狭有其依据，甚至有共同推崇的"偶像"。这位"偶像"是里下河平原上一个古老的人物，他的老家在距离南角墩几十公里的另一个村庄。他被人们编排出的故事，成为许多村庄的共同记忆。这人叫作吉高。无需考证就可以想象出他是身形消瘦的，只有这种精明的长相才会生出"一肚子坏水"，以一脸坏笑抵抗那些无可奈何的日子。

父亲知道吉高的一些故事。他努力记住这些口口相传的故事，也是为了抵消内心的不安，为自己苦中作乐的行为找到一些似是而非的依据。他无法读到书本里记录过的故事，完全是靠“听说”而强记在内心的。吉高所处的年代，生活着人们认为十恶不赦的“地主”。地主消失了，彼时贫富差距一定程度上还存在，生活中难免的不如意也依旧在土地上生长，所以这些故事对人们一直是有效的：

某天，一群老奶奶乘船到茅山去烧香。吉高正想到别处混混饭，就让船家把他也带去。船家说：“我们这个船不弯边（不靠岸），不能带你。”吉高说：“我有钱啊！你们要多少钱，我把（给）多少钱。”船主一听，就答应了。

上得船来，船上已坐得满满的了，有人问他：“你是去茅山烧香吗？”吉高说：“是呀。”人家说：“船上没得地方坐，你就站着吧。”吉高说：“我的屁股尖，占不了多大地方，坐一点就够了。”人家就让他坐下来了。刚一坐下，他就势就躺下了，把船上的老人挤得没法儿坐。人们气得不得了，就问他：“你怎么躺下了，挤得我们没地方坐！”吉高躺在那儿，自在地说：“我说过我是尖屁股，坐不住啊。”船上的人也奈何不得他。

睡了一觉起来，吉高要上岸。船家说：“你还没给钱呢!"吉高说:"我上去有点儿事,一会儿就回来。"说着把一大包鼓鼓的东西扔到船舱里,船家一看东西搁在这儿,一会儿肯定会回来,就放他走了。

船靠在岸边,等啊等,哪知等到天黑,也没见吉高的人影儿。船主一想,他还有包东西放在船舱里,于是就打开来看。没想到包刚一打开,一只只田鸡(青蛙)蹦了出来,而且身上满是大粪,在船舱里乱蹦乱跳,臭烘烘的。

原来吉高上船前在路上看到一堆大粪,就用纸包了起来;又到田里捉了一些田鸡,包在一起。船主还以为包里是什么好东西呢。这一来,老人们的香烧不成了,茅山也去不成了。吉高就是这么一个人。

父亲在说"吉高就是这么一个人"的时候,是不是满心悲怆呢?他们其实都是这样的人。促狭是他们无奈的手段,但凡生活有一点点"转弯"的办法,善良的人们谁又愿意动用无赖的恶意,去谋得笑料般的一席之地?他们的屁股再小,广阔的平原还是不容他们有立锥之地。传说里的吉高一生孤苦无依,是人们所不屑的"光棍条子"。说到底,他的聪明是具有悲剧色彩的。三十四岁才结婚的父亲,之前差点儿也成为村庄里的光棍。艰难的婚姻也没有带给他太多的幸福，反而衍生出更多的屈辱和艰难。他在讲吉高作为一个光棍被欺骗的时候，内心未必有十分的喜悦可言。他懂得现实生活对人的捉弄，实在更有惊人的恶毒与辛酸。

他在三荡口生活的时候，本来有可能得到一段令人羡慕的婚姻。只可惜笨拙的土地没有既定的剧本，只是按照节令的情绪野蛮生长。村庄万物有了生命，就完全信任运势。万一疑惑的时候，就用自以为是的聪明，自欺欺人地闹点儿乐子，这样生活就不至于真的只是一段让人无可奈何的笑话。父亲所讲关于吉高被骗的故事，乃是一个女人的促狭，让他这个"专业户"碰壁在自己惯有的"本事"上：

　　这天，吉高又在街上闲逛，看到一个女人浑身戴孝，坐在路边哭。吉高心想："我孤身一人，到处流浪，到如今连个老婆也不曾有……"他眼珠一转，坏主意就来了。

　　吉高走到女人身边，很同情地问："你叫什么名字啊？为什么哭啊？"那女人说："我叫风光。我命苦哇，家里父母都死了，没得人养活了。"吉高忙说："你跟我回家，给我做老婆吧，我来养活你。"那女人一听挺高兴，就跟着吉高回家了。

回到家里，两个人都走乏了，吉高说："你洗个澡，早早休息吧。"那女人忙说："你先洗吧，我来帮你拿衣服。"吉高也不推让，就先洗了。

那女人等到吉高坐进澡盆里，就把房门从外边锁上，拿着吉高的衣服就跑了。等到吉高洗完澡要出来时，门开不开了，他大声喊："风光，开门！"哪儿有人应声，他这才知道是受骗了。

这个故事流传得广，并留下句歇后语：吉高要风光——骗精光光。这些笨拙的故事，听了令人心生悲凉。吉高或者风光，以及村庄里的人们，都过着这种"精光光"的日子。人们幻想出来的讽喻之意，又何尝不是一种无奈的自嘲。吉高的这种故事讲多了，也变得无趣。真正总挂在嘴边，好像"嚼不烂的面条"的，是那些很有些"聪明"的故事，多了些智斗的意味和快感：

做长工的吉高每天都有做不完的事。地主抠门得很，一顿饭只让他们吃一碗稀菜粥，饿得长工有气无力。这天早上，吉高喝完一碗粥，对地主说："你把中午和晚上的粥也拿给我喝吧！"地主说："好啊，你再喝两碗！"吉高呼拉呼啦地喝完两碗粥，坐在桌子前一动不动，地主说："唉，你粥也喝了，怎么还不上工去？"

"我晚饭都吃过了，还做什么工，等着天黑睡觉呢！"吉高说完一动不动。

"你别在这边要贫嘴，这两碗粥算是早饭，赶快去上工！"地主不耐烦地说。他下午要去澡堂，天天泡澡堂，这是享尽福了。吉高干了一阵子活儿，估计地主去了澡堂，便跑回家对地主的老婆子说："老爷在澡堂子里中风昏过去了，我带块门板去抬他回来！"说完他把地主家的大门卸了下来，搬起就走。老婆子一听老头子中风昏过去了，哭哭啼啼地往澡堂子跑。吉高脚下生风先跑到澡堂子，找到地主说："老爷，家里失火了！您平时说什么都不要，就要个门面，我把门给抢了出来。"地主一听家里失火了，急得屁股冒烟，身上的水都没擦干就穿了衣服出了澡堂，往家里跑。

地主在半路遇到老婆子，见她哭哭啼啼的，指着她就骂："哭什么哭，家里失火就失火，往外跑干什么？"

"老东西，家里什么时候失火了，你不是在浴室里中风昏死过去了吗？"

"呸！呸！你个乌鸦嘴，谁说的！"

两个老东西气喘吁吁的，这才知道被耍了。地主一回家就对管家说："现在去地里，看着那猴子在干什么，我倒要好好整他一番！"太阳烈得很，管家给地主撑了把洋伞，跟着地主来到地里。

吉高赶着牛在地里干活儿，一见地主来了，知道没好事，一定又是要拖延做工的时间了。他拿起牛鞭狠狠抽了那牛一下，骂道："你这个畜牲，上面怕热，下面怕冷，整天只想吃草，不肯做事，我打死你这个畜牲！"

地主上面打着伞，下面穿着鞋，一听这话就知吉高在骂他，气得直哆嗦，正欲发作之时，吉高抓起一把烂泥又骂道："我知道你这畜牲又要放屁，我饶不了你！"骂完把泥甩在牛屁股上。地主气得说不出话来，管家在边上看不过去，就叫道："吉高，你不干活儿，在地里咕哝什么呢？"

吉高没理他，他在田边弄了根柳枝，弯成弓状，弹田里的乌龟，乌龟咬住那柳条不放。地主叫骂到："吉高，你干什么呢，又偷懒？”

　　"不怪我，老爷，都是这乌龟王八蛋不放弓（工）！”

　　又让吉高一骂，地主灰溜溜地跑回去了。

　　父亲讲这些故事时，时常是咬着牙的，他心里一定觉得无比快活。他就像那个促狭的吉高，因是口舌之快，无需承担任何真实的责任，又能为所欲为地捉弄他们的"仇家"。所谓"仇家"实是让他们觉得艰难而无望的生活。这些苦中作乐的故事能够让他们缓解心里无尽的怨愤。真实的吉高做过一个小官儿，但这些细节无人提起。只有虚拟的吉高与地主之争，才是他们要的快活。不识字的人们乐于这种口舌间的乐趣，也会把这点儿尖聪用到生活中。吉高的故事里，还有关于他故意将地主家的对联贴错的段子。每年贴春联的时候，父亲总会拿着"六畜兴旺"的条子，笑着说："过去有人把这贴在地主家堂屋的大柜上。""六畜兴旺"这么正式的词语，他们未必能解其意，要的只是一种快活的恶意。

　　村里过年时贴的对子，多是高京宽先生写的。他并不是一名教书先生，但写得一手好字。平素他好像也没有什么事做，一直落魄得很。他一个人独居在大路边的屋子里，一生未曾娶妻生子。父亲很尊重他，一直叫他高先生。对于真正的先生，尤其是村里的几位民办教师，父亲倒是少有如此的敬重。父亲总觉得他们与自己一样是泥腿子。冯姓是南角墩的大族，他们好像总是占尽便宜。他们读了几年书，就得了代课教师的工作，平日也是要下地的。喜欢打牌又常输钱的男冯老师，父亲总是称他"书记"；女冯老师因为总让学生去她家地里"劳动实践"，父亲觉得她是在"剥削"，不像为人师表的样子；另有矮个子的男冯老师，竟然让自己婆娘把蔬菜种到学校门口的空地上而引发纷争。父亲觉得这些人没有先生样子。他倒是对落魄的高先生很敬重，许是这位先生的清高让他觉得可敬。他总是去找高先生喝酒，尽管不能完全听懂他的高论。每年春节之前，父亲都会买好红纸去请他写对子。高先生写的对子很高古。他不写那种人人都懂的内容，比如"天增岁月人增寿；春满乾坤福满门"。他知道周姓来源的掌故，写的是"爱莲世泽；庆远家声"。有一次我被领着去看他写对子——父亲是指望我多识点儿字，以后能自己写。高先生对我说："日后你读了书，大门的对子还可以写'汉室军容推细柳；宋朝理学尚濂溪'。"他把小稿样写在纸上让我认。我其时并不知意思，很多年后才明白。

高先生晚境颓唐。父亲常带我去看他。有一天本是要去高田上外婆家的，经过高先生屋子的时候，父亲停下来喊了一声，无人应答。他不死心，推门进去，见高先生蜷在床上瑟瑟发抖。那是一个酷热的下午，屋子里却满是阴森的冷意。高先生身下的席子被压得变了形，就像脸上古怪的表情。见我们进来，他无力起身，手里抓着一双筷子不停地在席子上比画，嘴里不停说着："一个黄烧饼，一个黄烧饼！"这句话说得令人恐惧，我恨不得立马转身逃走。父亲骑车去买了十个黄烧饼来。黄烧饼是没有馅儿的，价格很便宜，十个一堆，用报纸包着扎起来，就像一堆消瘦的石头。

高先生一定没有吃完那些黄烧饼，因为第二天就传来了他离世的消息。父亲黯然神伤。日后，他还总提起高先生写对子的事情。高先生知道他不识字，生怕他贴错了地方，一副一副地折好了按顺序放着，又按照大小交代给父亲，生怕他闹了笑话。父亲为此非常得意，他觉得高先生看得起自己。村里有人真用过坏心眼儿，故意把那不识字的人家的对子放错了，上首是"春满大地"，下首是"瑞雪兆丰年"。父亲也并不知道这些字的意思，但他至少知道字数是不对的。我看到那副对子的时候，心里很难过。我深切记得父亲在大年初一笑话别人的样子，那种笑容里有一种难以被原谅的恶意。

对联贴到门上，是不能揭下来的。户主脸上红一阵白一阵
地说："只不过是图个火热，只要红彤彤的就好了，有什么好
计较的呢？"确实，村庄里的事情是没有什么好过分计较的。
高先生死了之后，父亲好像也没有什么兴致去捉弄别人了。也
再没有其他先生帮忙给他写对子了。从此他就去集市上买那种
现成印制的，回来交给我去贴在门上。他好像一下子变得很苍
老，再也没有兴致耍笑取乐。促使他苍老的，还有村里的年轻
人长大了，他曾经的某种重要角色悄无声息地被替代了。

年轻人长大了，自然也学会了那些捉弄人的促狭手段。父
亲觉得这些后生比起他那代人稚嫩多了。他开始像头老牛一样
默默地在土地上劳作，却不会轻易吭一声。稻麦收获之前又要
"做场"。他把泥土平整并浇透水之后撒上草灰，自己埋着头像
老牛一样拖着石磙一遍遍地轧平。他带我来见证他的辛苦，是
希望我以后不要过这样的日子。他会在抽烟的间隙把手中的绳
子交给我，让我也尝尝日子的沉重。我用尽力气拖那石磙，勉
强挪了几步。嵌在泥土里的脚趾，把平整的泥土弄得坑坑洼洼。
他笑着站起来说："你这点儿心思看来只能读书去。"

这些小心眼儿很是可笑，都是他当年不屑玩的把戏。他用

快燃尽的烟头续了一根新烟，猛吸了一口，消瘦的脸变了形，皱纹微微震动着说："谈促狭，我也是你老子。过去人促狭起来，你们念几本书的人是无法想象的。"而后他又讲了一段吉高的故事。笑声和劣质烟味一起消散在那个下午。

自从我离开村庄后父亲变得沉默，连讲故事的热情也没有了。他大概是觉得眼下的一切让他不再有什么精气神去折腾，尽管日子依旧非常艰难。他得知我日后可能也要做"教书先生"，开始兴奋了几日，复又变得惆怅起来。那一笔不菲的学费，对他来说比场头的石磙更沉重。我也一筹莫展，只能每天默默地在家中倒数着日子。我快离开前，他又突然来了兴致，张罗起我上学前的酒席。我们家要办酒席就像是笑谈，可他并不是开玩笑的。他联络好厨师，忙着把他养的鸡鸭宰杀好了，生怕酒席过于寒碜。他把能通知到的亲朋都请了一遍，好像我上大学的消息是突然到来的。

我对此非常反感，在他酒后大闹了一场。我好像把能想得出的绝情话都说出来了。他只默默地抓着那空空的酒杯，吐出了以前艰难的时候也会说的三个字："儿老子"。他是我的老子，这是不争的事实，我应该一切都听他摆布。但我现在因儿子的身份逼得他一筹莫展，让他觉得我是他的老子。我也曾经琢磨过，如果他不是我的老子，生活或许是另外一番光景。或许他也想过，没有我这个儿子会少去很多艰难和窘迫。可我确实小看了他的本事，他到底把这顿酒席张罗成了。虽然并没有如他愿来那么多亲朋，但热闹的酒水还是在他手中的纸杯里晃荡起来。他扯着我去每一桌敬酒，把那"粮食白"一杯杯地灌到肚子里，口中总是那一句俗气的说词："靠菩萨靠天，我家竟也出了个穷教师。"

那天酒散人去后，他的舌头已经发直。他从识字的姑父手上拿过来一沓子新旧不一的"人情钱"，同记账簿子一起拍在桌上，丢下一句："这些人情你日后自己去还。"

很多年后，我回到村庄遇见当年做饭的老厨师。他接过我敬的烟时提起这件事情，说："你的老子是促狭的，但他也是没有办法。他当年身无分文办起了酒席，酒菜是在乡里杂货店赊账买的。他对人说：'我的儿子上了大学，以后不会短你一分钱。'那次办酒席的工钱他也拿不出来，后来帮我家做了几天农活儿抵了。他是有脑子的，不比你们读书人拙。"

父亲也没有提起过这些事情。到他七十岁的时候，我却仍听村里的厨师提起这件事情，便要决心为他办一次寿酒。他满脸不自在，说这是"活闹寿的事情"，好像觉得自己的生活就应该和热闹无关。我回家商量几次，他都无动于衷。就在我几乎要放弃这个念头的时候，又遇见了那位厨师，他告诉我："你老子其实已经默默地盘算了。"他早想到了自己的三朋四友，日子似乎也定好了。他只是对于自己过一个像样的生日有些不安，好像他就不该大张旗鼓地开心。那次酒席上，他依旧是拉扯着我提着酒杯挨桌敬酒，也说不出什么像样的话来，总是一句："靠菩萨靠天，让我活到了七十岁，过上了好日子。"

是不是好日子，他心里是清楚的。至于那些诡谲的情绪和苦恶的事实，更多地烂在了他肚子里。父亲一定也有过善恶上的衡量，可生活是人们自己亲手组织的，无能为力时只能苦涩一笑。这些笑声是无奈而悲情的，甚至十分冷漠。父亲借此咽下去的事实，就像是吉高靠着促狭骗来吃喝抵挡饥饿，而后结出无奈的苦果。咀嚼时满嘴苦涩，可眉头也不皱就咽下去，然后快活地讲成笑话告诉外人。

这种快活，今天的我们已经难以理解。

九 背影

笨重的石磙，如今落寞地蹲在村庄的角落。平原以西的地方有山，且很有些名望，叫"天山"或者"神居山"。山是死火山，产一种有密集气孔的火山石。人们用它做石磙——我并不确认这种关于石头来源的说法是否准确。石磙还有一个很倔强的名字：碌碡。这个词还活在人们的嘴里。石磙两端有凹槽，用时配以木框接引人或畜力。木工根据碌碡的通用规格，做好木框横梁二道、边梁二道、圆木销子两个，在边梁上凿长方洞，榫接起来。碌碡对付的都是沉重的农活儿，做场或者碾粮，赖其笨重沉着。贾思勰《齐民要术》在"大小麦"部分有注云："治打时稍难，唯伏日用碌碡碾。"

范成大《四时田园杂兴》诗中讲："系牛莫碍门前路，移系

174

门西碌碡边。"可见碌碡之笨重，可抵牛之蛮力。碌碡用过并不移走，只摘了木框，任其停留于原地。牛拖着碌碡在场上碾过，走的是一种既定的路线，不会轻易变向，像牛顽固的秉性。畜力代替人力，或者后来有了蛮横的机器，碌碡却始终按自己的性格行事。快慢是效率问题，方向才是秉性。性格倔强的父亲面临无以改变的事实时，就会咬着牙说："碌碡。"

碌碡成了一种隐喻，一个充满农民性情的词语，象征着无从改变的命运。它的意思近似于"拉倒"。村庄里的事情大多难如人意，所以人们便自我解脱地说"碌碡"，是一种无奈的哲学。父亲这样的农民有自己"碌碡"般倔强的生命哲学，在自己不变的轨迹上迈着艰难而笃定的步子。他没有总结过这种哲学的细节，但在那些脱口而出的词语中，某种意味野蛮地生长着，像平原上芜杂又强悍的野草。

田里的庄稼像辈出的新人，一茬茬改变着品种，连收割的方式也在改变。碌碡已经被遗忘在角落，但那些倔强的语句依旧生长着，它们依旧实用而有效。

艰难的时候，土地会令人绝望。他说起那年大旱，好像毛孔里的水气都要被蒸发光了。地里的庄稼就像稀疏变黄的头发，了无生气。土地干涸的裂缝像难以愈合的伤口。人们已经开始有了"勒棍子要饭"的打算。一时间,"跑安庆"成了一种无奈的时尚。很多人逃离了土地,把尊严丢在干枯的平原上,往西去寻找一丝生机。留守不走的也并非没有气力,而是还有残余的倔强在心里,侥幸地等待着。饥饿就像一种恐惧的情绪,折磨着老实巴交的村庄。村里仓库的余粮所剩无几,向日葵的种子都成了口粮一般珍稀。一位冯姓的先生饿得实在无奈,顾不上自己的颜面,潜入仓库想偷一把生葵花子,被自己的弟子们捉住吊在了房梁上。他本以为凭先生的身份会得到人们的原谅,可在"青蛙要命蛇要饱"的日子里,已经容不下任何善意和宽仁。十几岁的孩子被饥饿折磨得变了形。他们的脸上也长出了阴暗的兴奋。

先生把嘴里的瓜子吐出来。那些还没有来得及咀嚼的种子沾满了屈辱的口水。口水也是珍贵的,天实在是太干燥了。他的嗓子里像冒了烟一样,喊不出一声求饶的话。这是他第二次被挂在生产队房梁上。上一次是日子舒坦时,在庄稼地里与女人交媾,被一帮少年赤条条地捉了出来。他的罪过不可容忍,因为他们的快活压弯了地里的庄稼。麦子地里倒伏的一片成了他的罪证。他被挂在房梁上,一言不发,好像脸上还有十足的傲气。可这一次,他再被挂上房梁时,脸上死灰一样写满了屈辱。饥饿让人没有了尊严。他告诉过孩子们诗里面"不食周黍"的伯夷、叔齐所采之薇在村庄里遍地都是，这曾让少年们眼里满是亮光——原来那些麦地边的"荞荞子"就是古老的薇。他的那点学问曾经让人生充满尊严。可是面对难耐的饥饿，一切就变得无比羸弱与不堪。

饥饿一直是村庄的大敌。

一直到了我能理解饥饿的年代，这个词语依旧左右着南角墩的日常。米缸就像漏了底一样。粮食总是不断地消失。人们对大缸有很多幻想。他们讲漏底的缸连接着神话——某个磨豆腐的人家，漏底的水缸是通东海的，藏着无尽的生机。可现实总是冷峻无情。量米的竹升被磨得锃亮，上面刻着的"官生"二字，模糊得就像勒令人们"管住"嘴一样。但这样的村庄也还是有乞丐来的，他们被叫作"花子"。花子远远走来时，父亲早早就虚掩上大门——他不会把门关死。人们觉得只有牢门才关得铁桶一样，门缝插进来的一缕光线，是一户人家最后的尊严。有时实在来不及关门，花子一脚到了门口，父亲只能摇摇手说："多走一家，多走一家。"久而久之，这个家就成了乞丐经过都会"多走一家"的门庭了。父亲并非毫无慈悲，母亲也有过抓一把米给花子的经历——她不用竹升装米，而是用手抓——抓紧了又松开漏几粒下来。母亲良善的内心又还带着点儿迟疑。她一定是觉得这点儿善行会逼得自己难堪，因为这个家本也是需要接济的。

父亲嘴很硬。奶奶说他到底是放鸭子出身——煮熟的鸭子嘴还硬。他毫不在乎地说："活人嘴里不会长青草。"青草是长在亡人坟上的，自然不会长在活人嘴里。他倔强地认为日子不会总是毫无指望。但关于饥饿的消息，依然不断地困扰着生活。大缸里的米，总是深深浅浅地变化着。

最大的绝望，往往生在微末的日常之中。

饭碗里装着村庄最恒久的日常。人们出门讨饭或者乞丐登门，总是要带着碗的。碗里但凡有点儿办法，大可不必出门弯腰。家里用的大碗粗糙，是从宝应人船上买来的。宝应人不知道从哪里贩来的货，碗底一例都有"景德镇制"的字样。有一种大海碗上印着蓝色的蝙蝠与寿星的图案，这并不能给生活带来实际的福音。碗里的深浅在春夏秋冬间艰难转换。入冬之后，青菜和豆腐不断地在碗里出现，母亲就用"青菜豆腐保平安"这样的俗语安慰我们。豆腐也有吃完的时候，就只把青菜烀烂了，熬出一种枯黄色的汁水，人们形容它"和牛尿一样"。到年猪杀了之后，碗里的伙食会改善一些。而过了年节，正月的日子依旧艰难。"熬青菜"就像日子艰难的某种喻体。有一种青菜吃到四月,被叫作"四月不老"。到了夏天,看起来草木丰美,但碗里的菜色依旧非常寡淡,每天都是冬瓜汤和豇豆烧茄子。不知道后来人们为什么钟情蔬菜?先前的日子,被这些淳朴的瓜菜映照出满心绝望。当每天碗里都是冬瓜甚至虚空,艰难的日常让人无从淡定。

有一阵子,父亲将菜瓜或者老黄瓜红烧着吃。开始还有些新奇,但周而复始地出现在碗里,一种平庸而绝望的味道就在脑子里疯长。他还把深秋的茄子烧来吃。这本来不难吃,好像只到深秋才会有奇特的滋味,可时间长了依旧令人压抑。秋茄子日后被我作为一种重要的味道记录下来,但在彼时实在是难熬的情境。熬冬瓜、南瓜、茄子,好像山芋也被熬过,所有的日子都是熬过来的。肉食除了家养的鸡鸭难得上桌,猪肉更是奢侈。可恨的是卖肉人每天都来两次。傍晚的时候来,人们正腹中空空,对肉香的想象充盈在口腹和脑海中。卖肉的人清楚各家的境况,他也是赊账的。父亲更明白"秋后算账"的道理。待到秋后的稻子缴去粮站,卖肉的就会来要账。

尽管日子艰难,父亲也不时咬咬牙赊一块肉。他自己消瘦的身体也渴望油水。他有一种做白水肉的好手段。日后想来也是极其简洁平白的做法：肋条肉焯水后，整块煮熟捞出，汤水留着与冬瓜下汤。冬瓜和人一样也需要荤腥，遇到了肉汤便糯烂温驯。肉切薄片，用新蒜拌盐水调味——父亲说"打一个嘴巴也舍不得丢"。我从那时学会了父亲的一个特长——吃肥肉，满嘴油腻大块啖下。他时而停下酒杯抓着筷子望着我，脸上的快活就像自己在咬肉。

偶尔的好日子转眼过去，日常比冬瓜汤更寡淡。

我拿到大学录取通知书回村，一路从田地里抄近道奔回家。父亲酒后的脸色像那天的晚霞一样红。他生怕邻居听不见，又恐怕不说出了这个消息它会变卦一样，大声喊："靠菩萨靠天，我家也出了个'穷教师'！"那天晚上他吃的仍是熬得糯烂的茄子。所剩无几的汤汁里，几个新蒜显得很光亮，着了淡淡的荧绿，像玉。母亲用冷冬瓜汤给我泡了一碗饭，把碗里剩下的茄子都倒在饭头上。那大概是我吃过的最有滋味的饭。冰凉的汤像溢美之词一样让人周身舒畅。

父亲又看看那远去的日头，自言自语道："你望，太阳总是要打我家门前过的。"

他是愿意让我读书的。从离开村小去隔壁村上学，他就刻意地"经营"我上学的事情。他跟我讲"三不羞"：先生骂不羞，父亲骂不羞，老丈人骂不羞。有一次先生怪罪我，因为我说出了他的不是——那位喜欢摸牌的冯先生头天晚上熬了通宵，第二天上课时竟然眯着眼睛在黑板边打瞌睡。我把这件事情讲给村里人听后，被冯先生知道了。他在我的操行记录里写了一句：希望以后做人要诚实。这在我的内心激起了很大的波澜。我确实扯过很多"鬼谎"，这是那些日子里一种无奈的技能。有时候如果不说谎，是要挨饿或挨揍的。谎言成了自保的手段。其实很多谎言很拙劣，但听者也并不揭穿，人们只要一个借口。有一次天很热，去亲戚家做客的我一直穿着厚厚的外套。亲戚笑说："我们也不会借你衣服穿，你就把衣服脱下来如何？"我坚称自己不热，亲戚也就不再追问。穿在里面的衣服是有补丁的，我不想别人看见我艰难的样子。后来亲戚端出一碗冰镇的绿豆粥，我一口气灌完，直说从来没有喝过这么好的汤水。其实绿豆汤是我在村子里喝够了的，有很顽固的青芒味。

父亲虽然相信我的解释，却没有去找先生对质。他难得这般忍耐，只是对我说："先生说你，有什么好害羞的？就是动手打了你，也都是对的。"他又总对老师说："孩子交给你了，你就尽管打。"他相信"棍棒底下出孝子"的野蛮古训。

我与父亲的矛盾并非生于学业，是每年两季的学费让我们父子备受折磨。每学期开学之前，他都要看看口粮，然后默默地卖掉一些，把皱巴巴的钱攥在桌子上，咬着牙说："老子就是勒棍子要饭也要供你上学。"这并非夸张，村里确有要饭供孩子上学的先例。这位寒门学子后来成为"高先生"，也成为父亲教育我的榜样。当时他和高先生的父亲出去"跑年"，得点米面零钱来供孩子上学。"跑年"只不过是体面的说法。高先生和他父亲相依为命，家徒四壁，又遇了一场大火。他的父亲为了供孩子念书，过年的时候就和父亲一起去要饭。后来高先生读了师范，成为一名人们嘴里的"穷教师"。事实上，村里人心底是无比艳羡的，认为这是鸡窝里飞出了金凤凰。人们对于村庄的态度是矛盾的，既无从逃避而依赖，又总盼望着离开甚至与之决裂。初中的一个学期，我把为数不多的压岁钱拿出来也没有凑够学费。父亲只是说让我先去学校，春节期间卖粮食是不吉利的——我知道米缸里也确实没有多少吉利可言了。我磨蹭着不愿去学校。他拍着桌子攥了酒碗，脸色令人恐惧。或许是看惯了这种愤怒，我竟然和他顶撞起来。他喊我"儿老子"似也没有用处。后来我几乎是被赶出家门的。

节后的春风依旧冰凉彻骨。我一个人在学校里晃荡，不想回教室面对班干部代收学费的追问。夜晚校园的哄闹也没有抵消我心里的无助。饥肠辘辘的我纠结地摸着口袋里的零钱，上面已经沾满我手心的虚汗。校园门口的摊点也异常冷清，火炉上煮着奇香的兰花干，水汽像可怜人幽怨的目光散漫着。我就如同病相怜一样，迈向那处冷清的小摊，掏出三枚硬币买了几块兰花干。摆摊儿的老板似乎有些诧异：平素学生们只买一块"杀馋"。她大概是认识我的，没见过我这般"阔绰"。兰花干是用竹签串着的，浸了卤汁的豆腐干在瘦弱的竹签上晃动着，滴下的卤汁就像饥饿的口水，仿佛能听到砸在地面的声音。我转过身去一顿狂啖，完全不顾滚烫的温度。

吃完之后，我暂时恢复了自信，咬着竹签倍感惬意，仿佛夜色也温和了一点儿。我望着路边无奈的灯光，心里想着父亲的那句话——活人嘴里不会长青草，突然体会出一种辛酸。我又想：只不过是被自己老子训斥了一顿，正如他说为人有"三不羞"，有什么耻辱可言呢？想着，便往灯光明亮的地方大步地走去。我眼里就像突然出现了幻影——父亲推着自行车站在面前。清冷的灯光里，他依然是那副倔强而无奈的神情。他把挂在车把上的布包拿下来，说了一句："杯子里面是猪头肉，钱也在包里，你真是儿老子。"

说完他就骑上车走了。我没有敢转身看他，却似乎又看见他已然花白的头发，疲惫地粘在他倔强的头顶上。

那布包中放着他挑新民滩大型工结束后留念的瓷把杯。杯里面塞满了咸猪头肉，上面的卤汁已经因温度低凝固了。我把包里的钱拿出来塞在衣服口袋里。这时我似乎又不在意学费了，急着拈了几块猪头肉塞进嘴里，让那齁咸的味道掩盖我突然的不安和辛酸。这是我吃过最美味的肉。我也深深地记住了父亲的背影。

后来我总算可以离开村庄，远去高先生所在的学校读书。那年秋天，父亲央求二妹婿开着拖拉机送我们去那个遥远的镇子。途中车上一壶油在颠簸中倾倒洒在棉胎上。那条棉胎后来一直没有扔掉。我一直记得那上面屈辱般的印记。那壶油本是要带给高先生的。他一直与高先生的父亲有些交情，但最终只是拎着空壶子回来了。到校后我巴不得他们早点儿离开学校，开走那令人脸红的拖拉机。那种巨大的声响就像他酒后扯着嗓子叫喊。高先生和我站在校园里目送他们上车。紧闭的学校后门好像永远隔绝了我们。他突然掉头扯着嗓子喊："孩子就交给你了，不听话就打，惯儿不惯学！"

父亲把我交给学校，心里便好像踏实了。我们之间建立了一种"无事不需联系"的微妙关系。我月假回家无非是去要生活费。有一段时间，他甚至不愿意我回去，央人把钱从邮局汇来，这样既可以省去我来回的路费，也可以按照他眼前的情况邮钱。我和家里的关系就靠着那张薄薄的邮单维持着。有时候汇款迟迟不来，我就向高先生借钱。高先生的日子也并不宽绰，但每次都会让师娘拿了钱来送我。父亲此后只来过一次学校，是因为我和同学打了架，校规面前高先生实在无法通融了。后来想想，那个同学也并非多么可恶，只不过他随口骂了我的母亲。我大概也是泄愤，因为那个月的生活费迟迟未到。那大概是我生平最蛮横的一次举动。此后我惶惶不可终日，不敢回教室上课。无奈之下，高先生就请人捎信叫来了父亲。那个下午非常阴冷。我见父亲低着头从高先生的家里走出来，像是受了批评的学生。父亲是高先生的长辈，在他家吃了饭后走的。他本是从学校前门进来，走的时候又绕到了后门，隔着门扯着嗓子对我们叫喊。那铁门是一直锁着的，他挥着手示意我回去。高先生见他喊得执着，走过去靠在门边。父亲从路边拿出一个蛇皮袋来举过头顶，单薄的身体有些摇晃，又吃力地把袋子从门上方递过来。高先生个头儿中等，接那口袋也非常艰难。袋子一下子掉在地上，滚出几棵大白菜来。

这菜是家里种的。父亲也不再说什么，大概是害怕高先生怪罪，转身逃跑一样走了，留下一个仓促的身影。高先生也不说什么，默默地把那些菜都捡起来，装进袋子背回家里去了。他也是位执着的先生，平素不会拿人东西。他有一回当众扔了兴化学生家长带来的甲鱼，这在学校里是出了名的。他是一个有信仰的人。同学们给他起了个"高克思"的外号。他那一把满是书生气的胡须，很有政治教员的风采。我知道，他收下父亲的白菜，是怕一个同村人伤心。

那天父亲心里一定满是绝望。我从来没见过他如此畏缩不堪。在村庄里，他一直有自己的"场面"。哪怕是做错了事情，他好像也不曾低头认错过。但在学校里，他失去了蛮横的气力，眼睛里满是无助。他是不愿意来学校的，他不懂得书本里究竟有什么道理。他甚至不习惯穿得稍微整洁一点儿。也许只有光着脚在村庄里走过，他心里才踏实。他一定是指望我能在他不懂的世界里做出点儿像样的事情，但想不到我打人闯了祸。他在先生面前又不能发作。他实指望我能像高先生一样有点儿出息，而眼下只能羞愧无言——就像那几棵畏缩的白菜。

我日后深切体味这种心境，乃是一个男人羞于启齿的绝望。

日常里父亲也有挂在嘴边的绝望，是一种自我解脱的乐观。他经常这样说："望山跑死马，倚亲饿死人。"父亲与村庄的关系，也像是他与家庭的关系。外人对村庄一直有某种隔岸观火的误解，尤其是那些脚不沾泥的城里人，他们总是觉得村庄是安静而封闭的，只有城市才会有欲望、竞争以及冷漠。他们不知道在匮乏或者即便已经富足的年头里，村庄也有对抗与不安。这种对抗带来的伤害时常是巨大的。这种伤害持续地存在着，且没有消减的势头。当然，这也可能成为促使村庄成长的一种隐秘力量。

父亲与自己的家庭、我们的家族以及南角墩的关系，并没有什么特殊。我不想为自己的父亲粉饰，更不会言过其实地把更多的苦难附加给他。他们这一辈人承担的苦难，是后来作为男人和父亲的我们需要懂得的。那些具有哲学意味的话语并不是一些华丽的句子，而是他们用命运换算和验证出来的实话。

父亲兄弟姊妹很多，他们的经历大多带有苦痛。贫穷让他们面临着无奈的选择。他们可能违心地选择实现某种愿望，这些愿望最终也并没有给他们带来好运。父亲的兄弟姊妹中是有换亲或者表兄妹结婚的。换亲是交换——两家分别出男女各一人婚配，也就不计较贫富和礼节。这是在交换或者叠加困苦，日后想起来这些事实，依旧令人心疼。交织和叠加的亲缘关系，并未能生长出更多的情分。情绪重合带来的是更多冷漠和无助。

我总是记得父亲和他的兄弟姊妹们不断争吵甚至大打出手。他们最大的争议在自己母亲的赡养。"久病床前无孝子",这绝不是什么刻薄话。当老人失去生活能力,病痛乃至用度都是沉重的负担。

日后我看到一句话不禁流泪:百善孝为先,论心不论迹,论迹贫家无孝子。"心里有,手上无"的日子是逼人的。早年守寡的奶奶将子女都抚养成人,晚景应该无忧的。但日子总是那么咄咄逼人。父亲也并没有什么特别的孝行。不过他因为赡养母亲而起的暴躁引发了众怒。他没有什么策略,或者他觉得对待自己的母亲是不要计算任何成本的。但他有自己的窘境,早年去三荡口承继门户的经历让他失去了发言权。他只不过是年龄上的兄长,在他的母亲看来早已不再是长子。这是一个严重的问题,似乎堪比望族夺嫡。

奶奶去世后,父亲兄弟们之间的纷争真有些惊心动魄。丧事是在二叔家办的。他们兄弟之间起了剑拔弩张的争执。十多岁的我见到同辈兄弟们也参加这场莫名其妙的争斗时,心里生满了恐惧和悲凉。我亲见一位堂兄暗暗地准备好了冰冷的钢条,准备对付一场他们幻想出来的战争。从那时起,我心中就生出了对村庄的隔膜和失望。我原以为之前这位堂兄与自己弟弟起过的争斗只是个笑话。有一次，他和自己的弟弟争执起来，当着我的面要把他扔进井里。他的弟弟哭着拿出本子记下来，说日后一定要报复。我不愿意把这件事讲给别人听，因为我看到了他们从父辈身上遗传下来的无助和冷漠。

父亲在料理祖母后事的问题上算是"忍辱负重"。他连出钱的机会都没有。他号啕大哭之后，脱了孝衣便回家喝酒。他还拖着自己的表哥去家中论理。这位表舅家的长子，对姑母去世的一应事务都有举足轻重的发言权。

父亲塞了钱，让我去买卤菜回来供他们继续喝酒。我骑着车子时心里满是恐惧，也对黑暗中的村庄充满了疑惑。回程时我连人带车从一座小桥边滑了下去，车子从半空中砸向在水里挣扎的我。回到那昏暗的家里，父亲似乎对我头顶流血的伤口并不关心，还在反复地和自己表哥说着那些听不懂的道理。他的表哥也厌烦了，踩了地上的烟蒂说："一切都是个穷字。"他说出了村庄的痛处之后，带上门就默默地走了。父亲绝望地坐在灯光里，任扑火的蚊虫在头顶飞旋。这些虫子也像在争论着一些不堪的事实。他又绝望起来，对已经迷糊的我说了一句："门口放着打狗棍，骨肉至亲不上门；门口停着高头马，不来亲戚就来人。"

祖母去世之后，父亲与兄弟姊妹之间的牵连少了，但矛盾依旧没有减少。他逐渐老去，人们的生活在不断改变。他依旧守着自己"鸭司令"的本行，在村庄中风里来雨里去。不过他降低了原来的大嗓门，日子一度越发艰难。他好像也并不妒忌别人的日子，有些不以为然地说："前面一条路是黑的。"这是一句丧气话，好像他并不愿意人们都快活起来。当然日子已经不在意他的想法，只有他仍然觉得自己的活法是对的。

父亲有个本事，无论如何总能想尽办法吃点儿好的。当人们还在忙碌的时候，他就不紧不慢地喝起酒来。尤其在夏天的傍晚，他早早将一张小桌子搬出来放在门口，看着来来往往的人们忙碌，自顾自地喝酒。他专门去熏烧摊上买那种完全没有瘦肉的猪脖子肉。一开始是因为贫困，久而久之就成了一种爱好。他觉得瘦肉是不足取的，只有肥白的才算是肉。日子经常捉襟见肘，但他就是不肯亏待自己的口腹。他总是说："吃不穷，穿不穷。"他并不说后半句"不会算计一世穷"。他不算计日子的得失好坏，也许吃饱喝足就是他理解的全部道理。有时候做工回来，还没有见到工钱，就先去买肉，他的道理是："一百块的工钱，只当是赚了八十，那二十用来买肉。"他杀了鸡鸭吃，不可惜什么钱财，倒是经常自豪地说："我这一辈子喝的酒，大概是可以动船装的，现在死了也能瞑目了。"他从四十多岁就开始这么说。

一年夏天，我被他赶着去地里扛麦子。麦子是机器收割下来的，用袋子装好了站在地里，等着人扛回去。从田里到家还要过河，他用木板把船和河岸连接起来，父子俩趁着月色将几十袋麦子扛回家。收工后我瘫坐在地上起不来，像是一只僵硬的虫子。他变魔法一样从锅屋端出一碗猪蹄髈，有些神秘地说："要是请了拖拉机来运，哪里还有钱买这肥肉呢？"

我们父子俩一顿吃完一挂肥白的猪蹄髈。我看他满脸油光中透出满意，好像日子已无尽富足。我知道他内心的疲惫和空虚，舍得吃只是他安慰肉身与内心的办法。

我知道村庄里其实没有那么多的道理可讲，吃饱是首要的事情。他嘴里那些和肥肉一样油腻的语句，已经被他说得有些圆滑。这些就像一道乐观的光，是那段时光的背影。

十　向晚

父亲很早就白了头发。他的苍老先是从酒量暴露出来的。他对此非常介怀。一个暴躁的人，没有了酒量的佐证，是无比悲情的事情，就如天上的日头不再焦灼与蛮横。

那天晚上父亲依旧往碗里倒满了酒。围坐桌边的后生们心里打着鼓，他们也不敢确定这场"恶战"一定有胜算。那晚是父亲七十岁暖寿办酒。村里人六十岁后过整生日便叫"闹寿"。热闹并不是村庄应有的情势，默默的日子才令人心安，所以人们说热闹的事情也不安地讲作"闹寿"。母亲那朵辛苦的云飘离村庄之后，父亲的暴躁也被苍老逐步遮蔽，热闹对于他更是鲜有。他喝酒的时候也多是静默的。酒的热辣对于饱经风霜的父亲而言，可能更多是一种相互迁就的顺从。

本来预备好的酒席，却多来了一帮亲朋——"请抓周，自拜寿"，孩子过周的客人是要上门邀请的，主动来讨寿酒喝却并不稀奇。父亲消瘦的脸上兴奋又不安。他一桌桌地敬酒，捏在手里的塑料杯好像也显出疲惫。等到多数客人散去，他就着剩菜和子侄们继续喝酒。青年人们畏惧父亲的酒量，但一直又想断个高下。对村庄里的男人们而言，酒量是一种重要的能力。这与嗓门一起构成一种威严，是他们圈定自己权力场的权杖。女人们似乎也厌恶畏缩的人，桌上端不起杯子的人没资格说话。酒杯里藏着虚无而迷人的权力。

子侄们似乎早盘算好了，这一晚要以杯中麻酒释去父亲在南角墩暴躁了几十年的"兵权"。他们心里也觉得怪异，一生苦难的父亲，只是仗着酒量和嗓门，就能在村庄里占地为王般地活着。父亲面无惧色地坐着。酒过三巡，子侄们已经有些动作失常，但仍把酒倒进沉醉的杯中。父亲起身拿了几个干净的寿碗，把酒匀进去满上。他站着提起了碗，平静地将那酒一饮而尽，再将空碗斜着晃了晃又放回桌上去。闹酒的晚辈们显出无奈的脸色，拿起碗来喝了小半又重重放下，溅出来的酒花就像是闪烁其词的废话。一旁收拾碗筷的妇女看不过去，咕哝着说："酒比油贵，作酒如作饭！"

　　这种激将法对于南角墩的子孙是有效的。酒碗里的尊严很要紧。于是碗又端起来，在艰难的叹息中，吞下闹寿一般的"请战"。酒让本来快消散的热闹氛围又聚拢起来，桌上的饭菜成了最后的"敌情"。赌饭是很久没出现过的场景，这是旧时候村庄里酒桌上的压轴节目。那些蓝花大海碗已经磨去一些色泽，但像一帮硬撑的倔强汉子，依旧出现在推杯换盏的桌边。装满米饭倒上残羹冷炙，油水溢出来洒在桌上也全然不顾——现在是男人们"决战"的时刻了。父亲依然面色平静。年轻人揉着肚子，但不甘心说退却的话。

　　风卷残云的吞咽就是一场竞赛。饥饿似乎是村庄永远真实的感受。日子留给土地上的子孙大口吞咽的欲望和快感。最后，空荡荡的碗被拍回桌上。落后的人嘴里还在拼命地吞咬着。饱胀和油腻在口腹中对抗着，落后者艰难地打起嗝来，但妇女们的围观让他们无以退却。此时最后一口饭，就是男人最大的尊严。又有心软的女人，从坛子里摸出几条萝卜干来，成了斗饭者的救命稻草。萝卜干是那种土黄色的胡萝卜，味道极好。后来有那种红色的胡萝卜进了村庄，但味道总是不对。那种长得奇形怪状的黄胡萝卜更有里下河的本味。胡萝卜都腌得淡一些，吃着爽脆。有了这口咸味，碗里的油腻缓解了。

　　人们终于如释重负地等到最后一个青年完成了"竞赛"。这更像是一种训练,是上辈人教给他们做人的血性和生活的办法——就在碗盏之间,村庄完成了承续和迭代。这时候又有人后怕起来,说以后可不能这么拼饭,听闻北乡有人酒席上比酒赛饭,一个人喝了一瓶白酒昏迷了拖去抢救,另一个人吃了十只狮子头活活地腻死了。邻村喝酒也死过人,但南角墩没有过这样的事。他们说的北乡在里下河平原的腹地,一个叫临泽的小镇。我后来在那个地方生活几年,吃到过那里人做的狮子头。这种食物细嫩而油腻,和一种乌菜同烧味道绝妙。人们都不敢多吃,怕吃坏了肚子。那是个古镇,不像南角墩经历过这么多饥饿,竟然也有这种惊天动地的故事。

　　这是我最后一次在村庄里见到拼饭的场景。能喝能吃的人们有一种"舍得"的慷慨。以后这样血性的日子再难以得见。

　　父亲本是一天两顿酒。后来中午开始喝点儿啤酒,晚上才是有白酒的"正顿"。他也开始叮嘱后生们少喝酒,尤其对于二叔的酒事颇有微词。二叔是能喝一斤酒的,父亲指责二叔贪杯,二叔挥挥手说:"秃子不要骂和尚,你也好不到哪里去。"二叔后来因为一场酒事,在回家的路上车祸中殒了命。父亲从乡下赶到医院重症病房门口想见见他未果,很是不满地留下一句话:"穷酒死灌,一辈子改不了贪杯的坏毛病。"

他好像也是说给在场的人听,更是说给自己听。

母亲走后父亲独居多年,他似乎已经习惯自言自语。我曾经接他来城里住过几日。他进门时看看光洁的地砖,又看看自己的鞋子,顿时皱了皱眉头。我们便让他不换鞋——他本来就很不满意从平地跑到五楼才能进家门的费力。他并不是没有气力,其时仍能把一袋米扛上五楼来。但他在平原上奔走习惯了,对于向上他是阻拒的,就好像是逼着他进步一样艰难。他又看了看我们的客厅,看着那"诗书传家"四个大字,眼睛里满是疑惑。他并不认识这些字,更不会觉得诗书传家改变了祖祖辈辈的命运。他只是觉得没有家堂的地方算不得像样的正屋。即便是在最艰难的日子里,他也会在堂屋里庄重地布置好菩萨神位:先是那种纸质的吉星高照挂画,后来又咬咬牙买了一堂玻璃的匾额,下面换了黄铜的香炉烛台。他觉得这才像家的样子。他又去看了看我们的自行车库,对那逼仄空间表现出无尽不屑。

他见过城里人办丧事的场景。老人被安放在车库里搁置的门板上。这对他来说充满着疑虑和恐慌。村子前面人家拆迁的时候,因为租借周转的屋子无法设灵堂,人殁了之后便在户外空地搭了棚子供着。这些都是让他感到焦虑的情势。他就差脱口问一句:"我日后也要在这样的屋子里归天吗?"这一点恐慌我是理解的。他一生送走过很多老人。体面或潦草的归路,在他心里都有清楚的认识。他在苍老了之后,一定也想过这些问题。这让他一时陷入了某种迷茫。他转到楼上的书房里抽烟,浓重的劣质香烟味道从楼梯口弥漫下来,就像他咳嗽声里暗含的不安和疑惑。他在城里家中也喝酒。我刻意让他喝点儿好酒,但他心情依旧不畅快,没有村里那种端碗豪饮的自在。

背后他对我们城里的生活也是表现出得意的。我曾经听他对二叔说:"你看,咱们竟然也能在城里买了房子。"因为工作关系,我是同辈兄弟中比较早进城的。我从乡下搬家的时候,本是打算请工人的,他却坚持要把几个兄弟都约来帮忙。他们把那些沉重破旧的家具扛到五楼。事后我请他们在小饭店喝了酒。他又买了好烟分给兄弟,颇有些炫耀的意味。事后他又算了一笔账,说那请吃的钱足够请人来帮忙了。但他又说:"买房这样的大事,能不请兄弟们一起吗?"父亲和他的弟弟们都能吃苦,豆大的汗珠掉下来也不言语。弟弟们最后分酒时奚落父亲说:"这样高的屋子,白送我也是不要的——你以后就要在这鸽子笼中住吗?"

他当然不会愿意住在城里。他甚至不愿意睡在松软的床上，中午只在木质沙发上和衣而眠。天一暗下来，就像到了放工时间，他又像亲戚拜别主家一样说话："我先回家去了。"他并没有把这处房子当自己的家。我们的孩子出生之后，他来做过几天饭。除了做菜吃饭，他就坐着抽烟或张望。他时而也下楼去，找同村搬进城里来的人，说些过去的旧事。时间久了他自己也乏了，便郑重地对我说："我要回去了，在南角墩，就是吐口痰也是快活的。"这话也像是自言自语。我自然不会有什么意见。让他进城来住是怕他孤单，并没有想让他承受更多的负担。我知道他的艰难。商品房里的一切和南角墩是不一样的。他做菜的时候，总是放很多菜油。他觉得油多不坏菜，但嫌色拉油的味道不好。他炒菜的时候，到处溅了油花，沾在灶台瓷砖上也全然不顾。我盯着看得时间长了，他脸上就会有一种难堪。

他一定明确感觉到，我们的生活已经不一样了。他更愿意一个人独居在南角墩。南角墩是他的——那里一草一木的生死枯荣，以及某只猫狗的来去都心中有数。他心里只装着这个村庄。他的认知以及办法，都是于这个村庄里数十年周旋中得来的，也只有在这片土地上才有效——也许出了南角墩界河就毫无意义。在这个村庄，尤其是还会被提起的第五生产队，他有自己的全世界。村庄已经萎缩得如他一样消瘦，只剩下最后两个生产队盘踞着，像是某种隐喻。他所在的庄台最终逃脱了拆迁的命运，顽固地独居在三荡河南岸。

村庄也成了独居的老人。零星的村落被称为"单库"，独居的老人被称为"单手人"。母亲去世之后，父亲生活是衣食无忧的。他靠着土地流转补偿的钱便能过活，并不需要我们赡养。他并不乐意被赡养，认为那就像穷人被周济。他的意思很简单——他还能挣钱养活自己。当然，我也可以想象他拿着我们给的钱去打肉时的情形。他一定会说："'儿老子'给的钱，我哪里差他这几个钱？我说不要，他偏偏要给的。"

他又重操旧业养起鸭子来。村里人大多数出去打工了，留守的多是在三荡河畔养殖鱼虾的，他们都有不菲的收入。父亲的鸭子养得很景气，且再也没有人眼红。只是走到他门口的时候，人们会掩着鼻子说："你闻闻，一屋子的鸭屎臭。"这其中还残余一些轻微的妒忌。

他请人把自己的手机号码用血红的油漆写在屋子当面的墙上。这样，当他带着自己的鸭子出去游弋的时候，就不会失去和村庄的联系。三荡河的这一群鸭子是颇有些名气的，很多人来访他的鸭蛋。下河人有端午前腌鸭蛋的习俗。他央我给他请人设计了一种轻便的纸盒子，并把他的鸭子们下的蛋称为"南角墩"牌。他是不认识几个字的，但这个名字象征他的领地。某种程度上，父亲也是这个村子里的一只"号头鸭子"。号头鸭子喻指那种专门带头起哄的人，村里大事小情都少不了其掺和。我曾非常憎恶父亲这种自以为仗义的脾性。母亲去世的时候，姨娘守着灵柩哭累了，突然对我说了一句："你不要恨你老子，要不是仗着蛮横的脾气，他在南角墩活不下去。"

这句话是父亲独居后得到的评价，他一辈子又似乎总在独来独往。

他一辈子也不肯原谅这个村庄，一着急就跳着脚蹦出愤怒的灰尘来。我很小的时候就知道"跳脚"这个词，后来书本中这个词一跳出来，马上就会心地一笑——这个词可是要在泥灰里用黢黑脚板跺出来的。但父亲也离不开这个村庄。他的愤怒和暴躁是有尺度的，就如他酒后施展拳脚也不至于致命，而且多有自己吃亏的可能。父亲每一次愤怒，所针对的都是他的命数所在，愤怒就是他的命。他开始独居的时候，村里很多老人也到了各自独守的暮年时光。他们这一辈人终于老迈得形单影只，最后用孤独同村庄和解了。

这种和解是我始料未及的。我在外地工作的时候，村里人给我捎信，大意是父亲那段时间突然变得"多事"。所谓"多事"，指的是他忙于骑车载邻居老正松去乡里看病。老正松家女人殁了之后，他和自己门口的菜地一样突然就苍老了。

村里的庄台是线性的，横平竖直的屋舍依着河流和道路的走向延伸。横向的庄台更有情趣。坐北朝南的屋舍，屋后多是一方鱼塘。门前的院落两侧是厢房，和院子隔一条庄台路的便是各家临水的自留地。门前的自留地比庄稼地自由，种菜、撂荒或另作他用，是各家的事情。从这些零碎的土地能看出主家的性情。父亲的自留地原本是连着水边牛汪的。这个豁口存在了很长时间，就像岁月的一道伤口，静默时似乎还能听到老水牛悲苦的鸣叫。牛汪上来便是菜园。父亲每年都会随意撒一些种子，任它们尽情地生长。种子就像孩子，有点儿水土就不计较，铆足了劲忘情地生长。到了野性的夏季，爬上树梢的丝瓜、架子间的豇豆、地面的茄子辣椒以及贴着泥土的瓜果，是随处可见的喜悦。好像并不需要人们付出太多的热情和心血，土地就慷慨地给出丰硕的答案。杂草丛生之间，又常有慌张的蛇虫出没，显得险象环生。可这里到底只是一肚子野蛮的情绪，人们不可能在其中体会到什么美好——美对于南角墩来说是一个矫情的词语。

比邻而居的父亲常常与老正松生出各种各样的矛盾。可是，当苍老和离去到来的时候，那些情绪好像突然凭空消失了。就像春去秋来万物的生长，哪怕是热烈得敲锣打鼓，一到了寒冷的冬天总会缄口不言。时光就像一把失效的种子，丢了一生中曾经稀奇古怪的情绪。老正松儿子从上海回来办完其后事，又上门来拜托父亲日后多照顾老正松的生活。

从此，隔壁的这位老人甚至会端起父亲送去的热粥，毫不迟疑地喝下去，此情此景像一次次的和解仪式。父亲并非怜悯他，可能更多的是慰籍自己——他们都成了独居的老人。我曾因为村里人议论父亲的不是而专门回村，提醒他骑车带人的危险。他知道我的意思，却又很笃定地说："人都老了，能有什么被他图赖的？就是见到路上一条死蛇，也是要挑开来的。"我对他的说法深以为然。他似乎又是在提醒我：人一辈子就是靠着儿女，临终没有儿女在身边，一切都是白活。我知道他内心的恐惧，他害怕儿女不在身边的孤独无助。也许他这么慷慨于物事，是为得到些自我安慰。

父亲很有一套自己的生活方法，是他几十年人生时常无以为靠的窘境中练就的。他有很多"大朋友"。"大朋友"是生性豪爽而视钱财如粪土的人。他一生从来没有过上富足的日子，而挂在嘴边的话却是"钱财如命，命如狗屎"。他独居之后更加慷慨。他常常在家设自己的酒宴，有时一天喝两顿酒。朋友并不计较什么像样的酒菜，中意的是凡事满不在乎的那种情绪。有人进门来，端起碗来便喝酒，放下筷子也不计较多寡。由此他就有了很多朋友。在酒桌上他总是一个主导者。他也常常端别人的酒碗，并且以此判断一个人的好坏。不舍得或不善于喝酒的人似乎很难进入他们的"朋友圈"。哪怕只是一碗咸菜炒蛋，他只要想起自己的朋友来，便要约来喝酒。可他却不太愿意端别人的碗。一次他实在不愿意再去老伙伴家"吃白大"，便谎称自己喝多了不舒服，然而事实上那天他并没有下酒菜。这位与他一样以放鸭为生的老徐，也是位慷慨的人，他清楚父亲不赴约是难为情。老徐家还有一口子能忙做饭，平时三餐饭食正常。老徐便又让人捎信谎称家里起了矛盾，请他去评理。父亲听了连忙赶去，到了却见夫妻二人捂着嘴笑。一问才知道，实是家里杀了一只老母鸡，请他来喝酒吃肉。

大概桃花源里"杀鸡设酒作食"的古老意境，也不会比南角墩的这些实景更生动。这就是父辈理解的朋友感情。父亲有自己的一把算盘，但从来并不会算计或者交换，对多与少的衡量总觉得不过是一口酒的事情。多个人不过多一双筷子，而多一双筷子就可能是多一条出路。酒桌就是父亲的阵地。他有自己的坚守，认定坐上一条凳子的都是汉子。父亲的固执并没有因为酒水而涣散，相反，他的性情更加接近土地的倔强。他重操旧业养鸭子之后，日子比以前更宽裕一些，桌边的客人也多起来。上门来买鸭蛋的，再熟悉的人他都不讲价，这像是他的底线。可亲朋带了孩子来，他总要去买酒菜留饭，饭后又会给孩子二十块钱"打发"。我曾经帮他算过一笔账，劝他价格上客气点儿不留饭更划算——可是他望望我，说："他若不是来买蛋，也照样是要留饭的。"这就是他的道理。

父亲愿意留人吃饭，还因为他很会做饭。他们兄弟四人里只有二叔不会做饭。村庄里男人中善于做饭的"一把好铲子"大有人在，大厨实也多是男性。父亲很会琢磨吃食，独居之后手艺更是精进。他总像在劝说自己一样讲道："一个人要是不能忙着嘡，那就活不长了。"如果不是长年独居，他未必会这般钻研吃食。一种无奈的现实，让他生发出许多有滋有味的细节，让一张常常独守的八仙桌有了更令人向往的聚散。

父亲做饭的手法，渐近"无中生有"的境界。他善烹鱼，这与他在三荡河边那段荒芜的岁月大有关系。有一年菜花开的时候，他的罾网里爬进了一只老鳖。那家伙像蜘蛛一样向半空中的网角逃命奔走，奈何慌乱间跌进父亲的手中。人们为此进行了一番争论。菜花鳖据说是没有太多肉的，味道也非常寡淡。更重要的是，村庄里有"杀鳖穷三年"的俗语。父亲明白，这是人们自我宽慰的说法。彼时的鳖价格很高，人们便编造出"杀鳖穷"的话来说服自己售卖换钱，似乎别人买回去老鳖只是供养着的。又如，母亲在时会说："肉和粥是不能一起吃的，荤腥会坏了肚子。"每天吃粥事实上是无奈的事情，没钱买肉也是一时无法改变的事实。父亲并不听劝说，他反问："别人买回去难道是当药吃吗？"

"摸得着锅台"是村庄对一个人生长节点的界定。昔日女子被男人打骂委屈得要投河寻死，就眼泪汪汪地对孩子说："娘舍得去死了，你已经摸得着锅台了。"双手能忙饱自己的嘴，便是人生有了基本的着落。母亲也是会做饭的，粗茶淡饭摸索了十数年也颇有些手法。但她卧病后，便只由父亲来洗碗抹盆。父亲大部分时间是孤独的，他的倔强和暴躁也因他并不能依靠任何人。不知道他做菜的手法有什么依据，反正在我的口舌上留下了顽固的遗传。我以为这也是他交给我理解南角墩的密码之一。

母亲不善腌咸菜，据说摸过燕子窝的手腌咸菜会变臭。在常常无以为继的日子里，幽闭的坛子是生活的保险阀。浑黄的卤水里深藏着无尽的生机，一旦被打开，就能演绎出属于村庄的活色生香。初夏，春咸菜便开始跃动着不安的情绪，它像是满腹牢骚一样随时会变质。父亲伸手抓了一把去河边汰洗干净，顺便拣掉其间蠕动的虫子。这些是咸菜多余的情绪。父亲并不认为这些虫子肮脏，偏觉得这样的咸菜味道才鲜美。酸臭，被人们理解成一种特别的滋味。咸菜往油锅里一跳，就像人在土地上跳脚。水汽活跃起来，就如满地尘土飞扬，满是生机勃勃的意境。汤水煮沸之后，鸭蛋汁液搅转其间，如同河流中的水草活跃起来，令人心潮澎湃。一碗咸菜蛋汤看似平淡无奇，但在一户人家的碗里，足可以支撑几个月份。五月间，添新上的蚕豆瓣，那便更能"鲜掉眉毛"。日子困难起来连鸡蛋都舍不得，但一碗清冽的咸菜汤也足以安慰口腹。父亲懂得这种滋味要遵照节令，应该有它最准确的出现时刻。

多少个饥饿的黄昏，脏腑的空洞让人惶恐不安。颠簸的泥土路上，身体似乎随时都会因为迫切的饥饿而涣散。那碗安静的冷汤在桌上等着匆忙归来的人们。莽撞的草鸡不知道为什么总是跳上桌面，留下带着灰尘的慌乱脚印。父亲进门一声呵斥，牲畜们四散逃走，让黄昏动荡不安。他掀开那满是油渍的坎篮，一碗从午间苦等到黄昏的冷汤，就像河流暴晒一天后在夕阳中冷却，显示出无比的冷静与笃定。

父亲端起碗来，呼啦啦喝了一口。巨大的声响有如惊雷带来了冷雨，听着心里满是熨帖。这碗汤几乎能走过四季，并不害怕草木的丰歉与枯荣。咸味是锅碗中最深刻的道理。父辈们索性将碗里所有的菜食都称为"咸"——似乎又害怕盐会失去滋味，所以也叫它咸盐。这是父亲手里铲子的秘境之源。"咸鱼淡肉齁韭菜"，肉食的优势在于天然的油水却不可多得，咸盐伴着菜蔬的日子才是长久之计。"下饭"二字最抚慰人心，咸鲜才是南角墩的至味。

在村庄里过够了"筷子无处伸"的日子，"齁咸"才能让碗里的菜"见吃"。久而久之，咸成了父亲铲子上某种味美的特质。秋后腌完青菜，霜雪很快控制了大地，植物生长减慢或被遮蔽，残存的绿色艰难地抵抗着时间的节奏。猪的生长似乎也是按照节令的，冬至前后不管肥瘦都要出栏。刀锋冷漠地等待牲畜的脖子，鲜红的血洒在冰凉的大地上。猪肉像是被收割的庄稼，大卸八块后堆在澡盆里。很有意思的是，父亲夏天咒骂着让我洗澡便说是"杀猪"，此时请来屠夫，却说是给猪"洗澡"。在父辈眼里，也许一头滚烫的猪和一个顽皮的孩子同等重要。

杀猪比节日更令父亲兴奋。八仙桌上支撑起油腻而短暂的日子，父亲的笑容也是油光发亮的，有脂油那种傲慢的色泽。鲜嫩的猪肉一下去，铁锅就活跃起来。满锅的油水裹挟着滚刀切的萝卜翻腾。这是当天的主菜。肉难得这样肆意地出现，一向面对贫乏的铁锅都显得惊讶。肉盛出后，铁锅上像流着汗水一样，油面久久都不退去。鲜嫩的猪油大有用场，在锅里煸炒至焦黄后下猪血和豆腐。还有一道青蒜炒猪肝。不知道为什么，父亲每年杀猪时都做这三道菜。他在水汽缭绕的厨房里挥动着铜铲子，那欢快的声响又显出一些悲情。母亲坐在门口默默地流泪，她每年这天都会无比悲伤。猪圈在门外，和厨房隔着一条路。这据说是很有些名堂的风水。"铜勺子一响，喉咙眼作痒"，锅里的动静对猪来说是一种刺激与调教。在父亲手上五味调和的铲子里，滚动的正是窗外猪圈里一年来的生长。这是一种令人感到悲情的宿命。

父亲当然不会思考这些矫情的问题。这天他显得更加慷慨，恨不得请所有人来喝酒。他惟恐别人看不到堆在堂屋里澡盆中的猪肉。在酒足饭饱送走屠夫之后，他开始打理澡盆里的生肉。用澡盆装肉确实很浮夸，血水和油腻像华丽的词句，让原本简素的生活显出惴惴不安。父亲急着将它们腌制起来——只有肉晒干了挂上屋梁他才心安。他清楚地记得肉的部位和数量，每一块猪肉都有各自的用途。二十四夜的蹄髈，三十晚上的猪头，都是配合既定的仪式，就像一定要用海盐腌制才有风味一样严格。父亲的咸味手艺秘而不宣，也没有人来过问，每户人家的肉卤里都有各自的理解。入卤后还可得一道秘密的美味：滚烫的盐水里猪肉闪转腾挪之后残余的血污，是一年辛劳收获欣喜过后的余兴，在极致的咸味中积淀下来。父亲将这些血污收集起来，用碗盛着在饭锅头炖熟，出锅时撒蒜花滴麻油。它有一个很高级的名字——猪脑。这道菜咸得明确而可靠。

咸肉在父亲的铜铲子上可以被调理出霸占桌面的菜式，一只猪头在他手上也能生出各种滋味。这些依据个人理解而产生的形式，纾解了多少年的困顿。他在辞年的时候便将猪头泡好，除夕一早就架起火来。柴火映红了他黝黑的脸。他看似面无表情却也显示出喜不自胜。"火到猪头烂。"暴躁的父亲明白这句产生于灶台的古话。他将猪头捞出来凉凉，这是它味道巅峰时刻的开始。父亲并不用刀，手上自有准确的拿捏，每一块肉也都有独特的滋味。他用这些不同的味道琢磨出一套盛宴：猪耳朵边炒水芹、炝猪舌头、红烧猪拱嘴，瘦肉冷盘，肥瘦糯烂的"二刀肉"烧青菜或者炖黄豆，肥白相间的与新蒜同炒。这些便是他对节日和食物的丰富想象和深刻理解。

父亲独居后，不再做这些繁复的菜式。冬日里，我每次回家见到的总是一碗咸肉烧青菜——菜与汤便兼备了。但他仍然十分重视猪头的存在。他总是询问我什么时候回家，那样他才会下定决心把猪头煨了。若是过了年节，天气暖和起来，屋梁上的咸肉便滴下油来。他架起柴火，把那险些腊变的光阴给煮了。他把精瘦的肉送进城里给我们。这让我想起当年他送肉到学校的场景。他把自己铁锅里最好的味道都给了子孙，留下肥白自己熬青菜吃，并说不喜欢吃发柴的瘦肉。这是久而久之形成的习惯。一个人辛苦惯了便也就认命，认命居然也能心生幸福。这大概是他一辈子吃的最多的菜式。青菜被油腻裹挟着变得暗黄糯烂，真是世上最下饭的咸。这并非什么高明的手法，却是最准确和踏实的味道。

父亲用一生琢磨出来许多简素而深刻的味道。这样他便不需要怀旧，因为所有的过去都依然生长在锅中日常里，像一碗再简单不过的苋菜秆，永远以碧绿的勃勃生机墩在饭锅头。他一个人生活只做些简省的菜。苋菜叶老了之后，他便割了秆来切成寸段；再把经年的老卤滗去蛆虫，沤出一坛咸香的味道。若是那卤水也矫情或暴躁起来"翻了"，他便去买两块豆腐放进去。混浊的卤水就像失望的老人得到了安慰，立刻就澄清起来。他常用这样沤臭的豆腐就酒，呷摸着味道说："这比萝卜干下酒更清口！"他也怀念过去萝卜干下酒的日子。

我并不知道他如此眷念过去。我认为以他的暴躁脾性应该疏于纪念过往。当他老之将至的时候，突然显示出令人惊讶的念旧之意。也许那些日子就像他端在碗里的咸味，不用提起却也无从放弃。他央人把一些亲朋的号码写在堂屋的墙上，生怕自己与过去失去了联系。步入古稀之年后，他突然想起很多人和事，并总是用"当年"这个词开始自己的谈话。

他和我说："许锦儒这个老东西没意思，电话再也打不通了。"

他又皱着眉头问我："他是不是死了？"这位远房亲戚有一个奇特的名字：马子。他是从外地抱养到父亲娘舅家的。进门的时候装在马桶里，人们就叫他马子。他后来成为一个心灵手巧的皮匠，经常到南角墩周边的集市卖鞋、修鞋。每年除了人情往来见面之外，他分别在寒暑假时来我们家住几天。他每次都会带来几双新鞋，是这些鞋子让那时候的我们有路可走。可是后来父亲和他都老了，竟然断了联系。父亲凭着印象告诉我一个有些古怪的地名，让我去那个从未到过的村庄寻找。

我几次找到那处叫"太丰七队"的地方，都没遇见这位长辈。后又留下口信，但始终未有回音。看来高效的车辆和电话并不能解决父辈的问题。父亲的追问显得有些焦躁，他执意要和我一起去寻找。对于汽车而言，十几公里只是转眼之间，但对于七十四岁的父亲以及只剩十余户人家的南角墩来说，这是一段漫长而艰难的路程。他在一位老伙伴紧闭的门上拼命地敲着，不断地叫那个古怪的名字。就像有些故意的幽默，或者像他们年轻时候的促狭一样，门慢悠悠地打开一条缝。一位戴着棉帽、穿着线裤的老人，出现在冬日下午懒散而又明媚的阳光里。父亲冲上去拉住他，两位老人一言不发，倾刻间又抱头痛哭。

那个场景动人心弦，我找不到合适的词语去表述。南角墩周边的村庄已经面目全非，崭新的出现和苍老的挣扎都在背叛着过去的时光。我曾经以为过往会在新生面前不堪一击。当我看着他们并排坐在苍老的板凳上，从干瘪的嘴里吐出一些陈旧的语句——看到他们脸上承受着阳光的照耀，我突然明白：有他们在，村庄就不会失去。时光在不断地逝去，最坚固的事物也会变为黄叶，摇摇欲坠最终化为尘土。村庄就像父亲嘴里零落而顽固的牙齿，它们咀嚼过无数辛勤的日子和事实，成为世上最迷人的风景。

有这样的父亲，村庄的一切依旧会成立。